D+

dear+ novel

Kimi wa akarui hoshi mitaini・・・・・・・・・・・・・・・・・・・

君は明るい星みたいに

ひのもとうみ

新書館ディアプラス文庫

君は明るい星みたいに

contents

illustration : 梨とりこ

君は明るい星みたいに

Kimi wa akarui hoshi mitaini

一日の仕事を終え、鈴見和斗《すずみかずと》は電車で自宅アパートの最寄駅《もより》まで戻って来た。五月末とはいえ、日中は日差しが照り付け、かなり蒸し暑くなってきている。屋外《おくがい》作業のため、作業着は上下とも汗でどろどろになっていた。

この春、専門学校を卒業した和斗は、遊木《ゆうき》造園という造園工事会社に就職し、職人の見習い工として働いている。

造園施工のほか、アプローチや駐車場、柵などの外構工事までを請《う》け負《お》うことも多く、一人前になるまでにはかなりの年数がかかると言われている。働きはじめてそろそろ二ヵ月になるが、言われた通りにやるだけの手伝いですら、うまくこなすことができないため、まだろくに仕事らしい仕事もさせてもらえないような状態だ。

それでも、下《した》っ端《ぱ》は下っ端なりにやるべきことがたくさんあって、一日が終わる頃には、体はへろへろだ。

就職に合わせ、一人暮らしを始めたものの、仕事を終えて帰ってくると、もう何もしたくなくて、結局、家事らしい家事は、一切していなかった。

そんなわけで、今日もまた、弁当でも買って帰ろうと、和斗は駅前のスーパーへと立ち寄った。

通い慣れたルートを進み、一直線に惣菜コーナーを目指す。特に好き嫌いはなく、どちらかと言えばボリューム重視なので、和斗は特に吟味《ぎんみ》することなく、一番大きな弁当を手に取った。

身長百六十センチ半《なか》ばと、小柄な和斗だったが、食欲はかなり旺盛《おうせい》だ。昔からそうだったわけではなく、入社してから、自然と食べる量が増えたのだ。何しろ、食べなければ体力がもたない。

おかげで、入社前はひょろひょろで痩せぎすだった和斗も、ここ最近、ちょっと体つきが変わってきているのを感じている。仕事中は、体力的に辛《つら》いことも多いが、体が勝手に鍛《きた》えられていくことに関しては、我ながら満足していた。

――あ。牛乳、もうないんだった。

レジに向かいかけていた和斗だが、買い忘れに気づき、ふたたび売り場へと引き返す。――と、その時、前方に見覚えのあるスーツ姿を見つけ、足を止める。

和斗と同期入社の、拝川晃嗣《はいかわあきつぐ》だ。

和斗は無意識に「げ」と声を漏《も》らした。

同僚ではあるが、なるべくなら会いたくない――そんな相手だったからだ。

拝川は百八十を超える高身長で、それだけでもかなり目立つというのに、顔立ちがまた、男らしくキリッと整っていて、かなり存在感がある。今も、何人かの女性客が、すれ違いざま、拝川を振り返っていた。

「……」

その後姿を眺めながら、和斗はむう、と顔をしかめた。

拝川は乳製品のコーナーを物色しており、このままではうっかり顔を合わせてしまいそうだ。和斗はその場でくるりと方向転換し、そそくさとレジに足を向けた。

ただ同僚というだけの存在で、特に親しいわけでもなかったから、わざわざ避けなければならない理由はない。

それでも、できるならあまり顔を合わせたくない。そう思うのは、和斗が拝川のことを苦手に感じているからだ。

思えば、拝川は出会いの最初から、印象の悪い男だった。

初めて顔を合わせたのは、入社式だ。

午前中のうちに入社式を終え、和斗たち新入社員は、研修の説明を受けるため、会議室で待機していた。

同期入社は、和斗を含め全部で五人。専門学校からは和斗と和斗の同級生でもある吉浦《よしうら》、高卒の新田《にった》、短大卒で紅一点の原《はら》、そして四大卒の拝川といった顔ぶれだった。

一人だけ年上の拝川は超難関国立大学である、K大出身で、遊木造園のような小規模な施工管理会社においては、かなりの変り種だ。

入社式で耳にした拝川のその経歴に、和斗は単純に興味を持った。

高校から既に農業系の専門校に通っていた和斗にしてみれば、何もかも畑違いの存在で、ものめずらしかったのだ。

担当の社員が来るまでの間、和斗たちはお互いに自己紹介し合ったり、雑談したりしていた。そんな中、ひとりだけ年上ということもあってか、拝川はその輪に加わろうとはせずに、会議室の隅《すみ》に静かに座っていた。

すらりとした高身長に男らしく精悍な顔立ち、佇《たたず》まいには年齢以上の落ち着きが感じられ、グレーのピンストライプのスーツが良く似合っていた。

K大というからには、もっと線が細くてひょろっとした頼りなさそうな男を勝手にイメージしていたが、スタイルが良くしっかりとした体格で、まるで俳優やモデル並の容姿だ。

少し話をしてみたくなった和斗は、ふらりと拝川に近づいて行った。

「拝川さん、そんな隅っこいないで、こっち来いよ」

年は拝川が上なので、一応さん付けにしてみたものの、物怖じしない性格なので、気軽に声をかける。

「いや、俺はいい」

だが、拝川はにべもなく断ってきた。

「えー、なんでだよ。今日から一緒に働く者同士じゃん。仲良くやろうぜ」

初日ということもあったし、人見知りするタイプなのかもしれない。そう思って、もう少し食い下がってみた。

「じゃあ言わせてもらうが……」

呟き、拝川が真っ直ぐ視線を向けてきた。まったくの無表情で、何を考えているのかがわからない。

「いくら待ち時間だと言っても、今は勤務時間中だろう。寄り集まってぺちゃくちゃしゃべっていていいのか」

「え……」

まさか、雑談を注意されるとは思わなかった。

「べ……別に、遊んでるわけじゃねぇし」

まるで、社会人の自覚がないみたいに言われた気がして、和斗は内心、カチンときていた。

「お前らが気にしないのは勝手だが、俺はそういうことが気になる。だから放っておいてくれ」

そっけない言葉と共に、拝川は手元の手帳へと目線を落とした。

——な……。なんだ、こいつ。

和斗は絶句して、無表情の拝川を見つめる。この男は、この場を機会に友好を深めようだなんて、欠片《かけら》も思っていないようだ。

和斗には、その時の拝川の態度が、「お前らとは違う」と、言っているように見えた。ちょっと良い大学を出ているからといって、やたらと偉そうだ。

自分の中にも、いくらか学歴コンプレックスというものはあって、余計に印象が悪かった。

拝川はその後、研修が始まってからも、一貫して我関せずといった態度を取り続けていた。

そんな他人事のような態度が頭に来て、一度言い返したことがある。

研修は二週間の間、会議室のひとつを使って行われ、ある時、表計算ソフトを使って、見積や代価表を作成するという課題が与えられた。

専門学校時代、一通りのソフトの使い方を学んではいたが、実践的なことはほとんどわからない。途中、来客があって、指導してくれていた先輩が出ていったため、和斗は途方に暮れてしまった。

仕方なく、疑問点を吉浦と相談し合っていたところ、拝川に頭ごなしに「うるさくて気が散るからやめてくれ」などと言われたのだ。

自分も吉浦も騒いでいるつもりなどなかったし、むしろ必死に課題に取り組んでいたのだ。それを、気が散るなどと言われて、どうにも我慢《がまん》できなくなった。

「いい加減にしろよ！　どんだけ人のこと馬鹿にすりゃ、気が済むんだ」

拝川の座っている席のまん前に立ち、ギロリと睨みつけた。

拝川もすぐに何か言い返してくると思っていたのに、ただ怪訝《けげん》そうな顔で、こちらを眺めている。

「何、黙ってんだよ！」

「……お前が怒る理由がわからない。俺は別に、お前らを馬鹿にしているつもりはない」

愛想《あいそ》のない淡々とした口調でそんなことを言われても、はいそうですか、とはいかない。

「そういう態度が、馬鹿にしてるって言うんだ」

怒鳴りつけると、拝川は黙ったまま、軽く首を傾《かし》げた。

「悪いが、お前がなぜそう思うのか、本当にわからないんだ。俺はただ、静かにしてくれと言っただけだ」

「……っ。だから、そういうトコが……っ」

頭に来る――はっきりとそう言いたかったのに、拝川の妙に生真面目《きまじめ》な顔つきを前に、言葉を詰まらせてしまう。

どうもこの男は、本気で和斗の言っていることがわからないようだ。

――なんなんだよ。

それこそ、意味がわからない。首を傾げたいのはこちらのほうだった。

そのうちに席を外していた先輩が戻って来たので、和斗は慌てて自分の席に戻った。

その時の会話が決定打となって、以来、和斗は拝川を避けるようになった。ああいう相手は、本当に住む世界が違う――それがよくわかったし、わざわざ地雷を踏みに行くような物好きでもない。

それから間もなく、研修も終わり、配属が分かれたこともあって、外勤の和斗と営業部の拝川では、ほとんど接点もなくなって、その後はあまり気にもならなくなった。

ただ、一点だけ問題があるとすれば、それは和斗が住んでいるアパートのことだろう。

拝川が自分と同じアパートに住んでいると気がついたのは、研修が始まって一週間ほどしてからのことだ。帰り道、前を歩く男の背格好に見覚えがあるなと思ったら、拝川だった。げ、と思って距離を取りながら後ろを歩いて行くと、あろうことか、拝川は和斗の住むアパートの門を潜り、一階のある一室へと入って行ってしまった。あの時、和斗は驚きのあまり、しばらく門の側に立ち尽くした。

入社日直前に慌しく引っ越してきた和斗は、品物をドアノブに引っ掛けるというかなり横着な方法で挨拶《あいさつ》を済ませていたため、引っ越した後も、どの部屋にどんな住人がいるのか、はっきり把握していなかった。だから、拝川の存在にまったく気づいていなかったのだ。

よくよく考えてみれば、入社前、和斗が会社に問い合わせて紹介してもらった物件だ。社長の知り合いがオーナーだとかで、特別に家賃を少し割り引いてもらっている。自分と同じように、紹介を受け、住んでいる社員がいても、不思議ではなかった。

拝川がこのことに気がついているのかどうか、仮にもし気づいていたとしても、特にこちらに関心もないだろうし、わざわざ何か言ってくるとは思えなかった。それに、配属先が分かれた拝川と自分とでは、微妙に通勤の時間帯がずれている。今のところ、アパート内で鉢合わせになるようなことはなかった。

とはいえ、同じ生活圏内に暮らしているのだから、買い物先が同じスーパーになることもままあることで、その場合はこうして極力ニアミスを避け、できるだけ相手に気づかれないようにしていた。

会計を済ませた和斗は、チラ、と背後を振り返り、そこに拝川の姿がないのを確認し、ホッとする。その後、そそくさとスーパーを後にした。


工事部に配属後、和斗は先輩で現場監督の篠置《ささおき》からの指導を受けていた。工事部は発注後の外構施工を一手に引き受ける部署で、篠置たち現場監督が工程や資材の管理、各所との打ち合わせや立会い等を取り仕切っており、職人たちはその指示に従い、作業を進めている。

ただ、新米の和斗の場合は作業している時間より、圧倒的に説教されている時間のほうが長い。職人は気性の荒い人間が多く、とろとろしているとすぐに怒鳴《どな》り飛ばされるのだ。

こう見えても、高校、専門学校とそこそこ優秀だったのだが、やはり実践ではまったく使い物にならないらしい。

適当にやっているわけでもないのに、不慣れなために、なかなかスムーズに作業をこなせない。理解も遅いため、うっかり間違ったやり方をしてしまう。

和斗自身、現場の役に立っていない自覚はあって、篠置の説教がいちいち身に染みた。怖いし嫌だと思うこともあったが、それ以上に、情けなさのほうが大きい。

だが、見習いの立場の自分に、落ち込んでいる時間などない。この仕事がしたくて、ここに来たのだから、吸収できるものはどんどん吸収して、一分一秒でも早く一人前の職人になりたかった。

一日の現場作業を終え、それぞれが帰って行く中、和斗はひとり、会社へと足を向けた。資材調達の準備をしておかなければならない。

遠方の現場だったこともあり、事務所に到着すると八時半を回っていた。この時間、残業しているのは設計部か営業部で、真っ暗な受付を抜け中に入ると、案の定、右奥の営業部の付近だけに明かりが灯《とも》されている。

一声かけるつもりだったが、よく見れば残っているのは、よりにもよって拝川だ。和斗は工事部の自席に、黙ってそっと腰を下ろした。

今から、注文依頼のFAX文書を作成して、送信しなければならない。

こちら側は暗くなっていたが、営業側からの明かりで充分作業ができそうだったので、和斗はそのままPCの電源を入れた。

——あれ？

ところが、電源が入らない。コンセントが抜けてでもいるのかと、和斗は周囲をごそごそ確認してまわる。

「……っかしいな」

特別配線やネットワークに詳しいわけではないが、繋《つな》ぎ方やどこから何を引っ張っているかぐらいは理解しているので、特におかしな点はないように思える。

しょうがないので、他のPCを借りようと、隣《となり》の席のPCを立ち上げてみたが、そちらも電源が入らなかった。

「う――ん？」

困ったものだ。急いでいる時に限って、こういうわけのわからない現象に見舞われる。

ふと、拝川が立ち上がった。外出だか便所だかしらないが、和斗の真横を素通りして、入り口のほうに消える。

こちらのことは、当然スルーだ。和斗も一言も声をかけなかったから、人のことは言えないが、やはり感じが悪い。

――と、突然、頭上が明るくなった。

明かりの落ちていた工事部や受付側の電気が灯されたのだ。同時に、目の前のPCがブン、という音を立て、電源が入った。

「こっち側は、配線が受付側にまとめられてる。知らなかったか」

拝川はいつの間にかこちらに引き返してきていて、和斗の横を通り抜けざま、そんなことを言った。

「……」

つまり、PCの電源が入らず右往左往していた和斗に気づいて、わざわざ電源を入れに行ってくれたというわけだ。

挨拶すら交わさないし、こちらには無関心なのかと思いきや、驚きの対応だった。

「あの……サンキュ」

和斗は立ち上がって、離れた席の拝川に声をかけた。聞こえていないはずはないのに、それに対しては何の反応も返ってこない。

——なんなんだよ、あいつは……。

無視されるのなら、言わなければ良かった。関われば、こんなふうにカチンとくることはわかっていたのに、助けられて、うっかり気を許してしまった。

困っている相手を見過ごせないのだとしても、性格上、必要最低限のコミュニケーションしか取りたくないということか。相変わらず、わけのわからない男だ。

それでも気になって、和斗は首を伸ばし、こっそりと前方の拝川を窺った。

他には誰も残っていないのに、ひとり残業しているなんて、それほど仕事が忙しいのだろうか。営業部は入札や設計の見積が主な仕事のはずだが和斗はまだ、営業一年目の人間がどういう仕事をしているのか、曖昧《あいまい》にしか理解できていない。それとも、あれで案外、要領が悪いところもあるのか――。

それにしたって、まだ入社して二ヵ月目なのだから、側に指導の先輩がいてしかるべきという気がするのだが、拝川ぐらいになると、管理されずともなんとかなるのだろう。いついかなるときも、側で篠置が目を光らせている状況の自分とは大違いだった。

どのぐらいの作業量を抱えているのか、和斗がＦＡＸを送り終えても、拝川はひとり黙々と作業を続けている。ひょっとすると、食事もまだなのではないだろうか。

何か声をかけて帰ったほうがいいのかもしれないが、あの調子では、反応があるとも思えない。

また気分が悪くなるのも嫌だったから、和斗は荷物を手にそっと席を離れ、受付側の電気を落として、そのまま帰路《きろ》についた。

梅雨《つゆ》明けと同時に本格的な夏が到来し、屋外作業をするには、厳しい季節がやってきた。

現在、和斗が篠置に伴われて入っている現場は、建築側からの工期の遅れの皺寄《しわよ》せがひどく、これまでにないほど慌しかった。

本来なら電気、排水の設備系統はとっくに施工が完了しているはずなのに、どちらもほとんど手付かずの状態だ。

かといって、和斗たちもそれを待ってなどいられないので、敷設が終わった部分から、順次外構施工を進めて行くようにしている。

工程が滅茶苦茶《めちゃくちゃ》なせいで、資材の調達が間に合わないものも出てきており、和斗はそれらが事務所に届くたび、車で取りに向かうようにしていた。

その日も昼前に、一点荷物が届いたとの連絡が入り、和斗はすぐに事務所へと向かうことにした。

「この時間だし、ついでに昼休憩取ってきていいぞ」

「はい！」

篠置の言葉に頷き、和斗は車に乗り込んだ。

「——だから、なんで勝手に相手先に電話かけたりしたのかって、そう聞いてるんだよ！」

社内に入ると、いきなりそんな喚き声が響き渡った。和斗は驚き、その場で足を止める。

声を荒げているのは、営業部の小宮《こみや》という男だ。確か、拝川の指導に当たっている先輩だったような気がする。

「その日は、日笠《ひがさ》建託の現場打ち合わせとバッティングしていたので、日にちを変えてもらいました」

低いが良く通る声――拝川がはっきりと反論を口にする。それが気に食わなかったのか、小宮は「ハァ?」と不機嫌そうな声をあげた。

「お前、それじゃ俺が最初から駄目な日程で約束したみたいになるじゃないか」

「……俺がその日都合が悪いことは、前もって伝えておいたと思いますし、予定はボードにも書いてますよね」

「お前がどうこうじゃなくて、向こうがどう思うかだろ。俺の信用問題に関わる話だ」

淡々と答える拝川に、小宮はますます苛立ったような声をあげる。不穏な空気に、社内はシンと静まり返っていた。

「なあ。あれ、何やり合ってんの?」

前後の事情がわからず、和斗は近くにいた同期の原に声をかけた。

「なんか、小宮さんが拝川くんに連絡せずに、勝手に打ち合わせの日取り決めちゃって揉《も》めてるみたい」

それで、小宮が決めた日取りを変更してもらうために、拝川が相手先に電話を入れたようだ。小宮はそれが気に食わなくて、あの剣幕らしい。

「……フーン、そういうことか。けど、日を変えたくないなら、どっちかあの人が行けばいいんじゃないのか。二人で組んでるんだし、フォローしてくれたら済む話じゃん」

「それも嫌なんだって。なんかさ、小宮さんて今もう、ほとんどの物件拝川くんに任してて、最後の承認ぐらいしか仕事してないらしいよ」

原は他の社員から聞きかじった話を混ぜ込み、事情を細かく教えてくれた。

「へー、さすが拝川。すげぇじゃん」

「えー。そこは感心するとこじゃなくて、心配するトコでしょ」

「なんで?」

「任されてるって言うと聞こえがいいけど、実際は仕事丸投げされてるって状態みたい。拝川くんに処理能力があるからなんとかなってるんだろうけど、普通なら潰れちゃうよ。自分がもしあんな目に遭《あ》わされたらと思うと、ゾッとするもん……」

原が嫌そうに顔をしかめる。

――ああ、だからあの時――。

ひと月ほど前、拝川がひとりで黙々と残業していたことを思い出す。あの時はただ単に仕事が忙しいのかとしか思わなかったが、実際は、そういう事情があったというわけだ。

「だったらやはり、日笠建託のほうは小宮さんが代わりに行ってくれませんか。それなら、俺が塩崎《しおざき》建設のほうに行けます」

「ハァ? だからなんで俺が。今はどっちもお前が受け持ってるとこだろ。お前、俺がやってない現場を押し付けるとか、どういう神経してるんだ」

小宮の言い分は、まさに原の言葉を裏付けるようなものだった。先輩ならば、そこは自らフォローを申し出てしかるべきだというのに、それをしないばかりか、むしろ邪魔《じゃま》をしている形だ。

挙句《あげく》、小宮は拝川に向かって、元の日取りで打ち合わせを組むようにと言い出した。その上で、拝川の予定をずらせなどと言っている。まったく、無茶苦茶《むちゃくちゃ》だ。

あれもダメ、これもダメで、どうしようもないのだろう。拝川は「それは……」と呟いたきり、黙り込んでいる。

これではさすがに、拝川が気の毒だ。

「ったく、K大だかなんだか知らないが、自己中でプライドばっか高くて、最悪だよ」

小宮のほうは、勢いづいてますます言いたい放題だ。悪意むき出しの言葉を浴びせかけ、あーあ、と大げさに肩をすくめてみせている。

「調子に乗って出しゃばって来るから、こっちの面子《めんつ》も丸つぶれだしな。ほら、突っ立ってないで、早く日笠に電話しろよ。その後すぐ、塩崎だ」

その言葉に、和斗は眉をひそめる。

──面子って、なんだ?

確か、年は和斗の先輩の篠置と同じぐらいのはずだが、どうしてこんなにも大人気ない態度なのだろう。そもそも、拝川に確認もせず勝手に打ち合わせの日取りを決めた小宮のほうに問題があるわけで、拝川があのように言われるのはおかしい。

「おい。電話しろって言ってるだろ！」

「……申し訳ないですが、話はもうまとまっているので、無理です」

黙っている間、いろいろと打開策を考えていたに違いないが、拝川は結局、ぼそぼそとそう答えた。

「無理？　ふざけるな、何の努力もせずに、簡単にそんなこと言うんじゃない！」

——ふざけてんのは、そっちだろうが。

先ほどからの、わけのわからない言い分に、和斗はムカムカし始めていた。

言っていることが、いちいちおかしい。大体、拝川が「申し訳ない」と謝らなければならないことなど、何もないではないか。

「——拝川！」

気がついたら、和斗は拝川を呼んでいた。こんなやり取りに意味があるとは思えない。拝川が日取りを変えた時点で、片付いている問題だと思った。

「休憩時間だろ。飯、行こうぜ」

和斗の呼びかけに、小宮が唖然《あぜん》とした顔を見せる。振り返った拝川も、めずらしく驚いたように目を見開いている。

「あのー……。もう昼休憩の時間だし、そろそろ解放してもらっていいですかね。俺、そいつと飯の約束してるんで」

拝川との約束など、有り得ない話だったが、これ以上不毛《ふもう》なやり取りを見ていたくなかった。普通なら、説教中に口を挟《はさ》むなんて、絶対にやらない。だが、小宮のそれは、ネチネチとしたただの嫌がらせにしか見えない。それこそ、拝川が電話をかけるまで続けそうで、どうにも我慢がならなかったのだ。

「お前は何だ！　何を勝手にしゃしゃり出て来てる。まだ話は終わってないんだぞ」

「いや、さっきから聞こえてきてましたけど、もう問題片付いてるじゃないですか。今更また日程変えるとか、相手さんも困ると思いますよ」

「だから、なんでお前が口を挟むと――」

「小宮さん。電話なら後で必ずしますから、もうその辺で」

途中で拝川が、小宮の言葉を遮《さえぎ》った。

「悪いな。行こう」

こちらに駆け寄って来た拝川は、和斗の腕を摑《つか》んで、事務所を出た。そのまま、ぐいぐい引っ張られるようにして、エレベーターに乗り込む。

扉が閉まると、拝川はようやく摑んでいた腕を放した。

「……驚いた」

呟き、ちらりと和斗に視線を寄越す。

「まさかあの状況で、口を挟んでくる奴がいるとは思わなかった」

「……そりゃ悪かったな」

和斗はむすりとして、不満げに顔をそらす。後悔してはいないが、いらぬことに首を突っ込んだという自覚はあった。

「いや、助かった。サンキュ」

あっさり礼を言われてしまい、かえって居心地が悪い。

「別に俺は、助けたつもりはないし……」

「そうか？　あまりに勇《いさ》ましくて、俺はちょっとお前に惚《ほ》れそうになった」

「ええっ」

いつもあれだけこちらに対して無関心な男が、そんな冗談を言うとは思わず、しかも笑顔を見せたので、またしても驚かされた。

整った顔立ちだけに、笑うとかなり華やかな印象になる。

——なんだよ、もう。

うっかり見とれかけて、和斗は慌てて目を伏せた。なんだか調子が狂う。

とにかく、ここはさっさと立ち去るに限る。エレベーターが一階に到着したので、和斗はそそくさと降り、じゃあな、とひとり先を行こうとした。

「おい、待てよ」

だが、その腕を拝川に再び摑まれる。

「飯は？　今からどこか食いに行くんだろ」

「え……。あんなの、口実に決まってるだろ」

そんなことは、拝川だってよくわかっているはずだ。

「なんだ、そうだったのか」

それなのに、今気づいたみたいに、拝川が目を瞬《またた》かせる。

「もしお前がこれからどこか食べに行くつもりなら、一緒に行っていいか。さっきの礼がわりに、何か奢《おご》る」

「は？　いいよ、そんなの！」

生真面目な顔つきの拝川に、和斗は大きく首を振った。そんなつもりで口を挟んだのではない。

「嫌か？　まあ……俺はお前には嫌われてるもんな。しょうがないか」

「き……」

図星を言い当てられて、和斗はぎくりと言葉を飲み込んだ。

「そ……そうじゃなくて、お前のほうが俺らを馬鹿にしてるんだろ」

「……前にもそんなこと言われた気がするけど、俺は別に誰のことも馬鹿にしたりしていない。……多分、お前たちのほうがよっぽど専門的なこと学んできてるだろうしな。だから、それ誤解だ」

「誤解ぃ？　よく言うよ。散々《さんざん》嫌味な態度取っておいて」

和斗はムッとして、口を尖《とが》らせる。

「そんなつもりはない。……けど、そう思わせていたのなら、悪かった。だから、飯を奢らせろよ」

「だから、なんでそうなるんだよ……」

もう一度誘いかけてくる拝川に、和斗はすっかり面食《めんく》らった。

関わり合いになりたくないというのが本音だったが、拝川がめずらしく殊勝《しゅしょう》な態度を見せるものだから、なんだか突っぱねるのも悪いような気がしてきた。

――まあ……飯、奢ってくれるって言うしな。

本当は礼をされるようなことは何一つしていないが、まだ何かそういう理由があるほうが、応じやすい気がする。

いつになく打ち解けた雰囲気ということもあって、和斗はうまく断れなかった。結局、そのまま連れ立って、近くの定食屋へと向かう。

「なあ……。さっきのあれ、お前本当にもう一回電話すんの？」

店に入り注文した後、和斗は思い切って尋ねた。ついさっき、拝川が小宮に言ったことが気になっている。そのせいで一緒に食事する羽目になったわけだし、いっそのこと、きちんと聞いておきたかった。

あの時小宮は、口を挟んだ和斗のことを、ものすごい形相《ぎょうそう》で睨《にら》みつけていた。今解放されて昼飯を食べているのは、拝川が小宮の訴えを飲んだからだ。そうでなければ、今頃二人揃《そろ》って、わけのわからない説教を受けていたかもしれない。

「まあ、一応な。体裁《ていさい》だけの話だ」

「ふうん……」

体裁と言ったって、拝川にとっては面倒以外の何物でもないだろう。あの男の言い分には、やはり納得しかねるものがあった。

「他人のことなのに、お前はなんでそんなに気にするんだ？」

「気にしてねぇよ。ただ、なんかムカついてるだけ」

「お前に関係ないのに」

「なくてもムカつくだろ。あの人、社内でもいろいろ噂されてるみたいだな」

「へえ……そうなのか」

そのことをどう捉えているのか、拝川はただ軽く肩をすくめるだけだ。

「多分、皆お前のこと……その、心配してると思うぜ」

実際、原はそんなふうに言っていた。

拝川ぐらいの男前になると、やはり女子たちは放っておかないようだ。

「心配ね……。もしそうだとしても、実際に口挟んで助けてくれたのは、お前だけだな」

「だから、それはたまたまだって」

「偶然でもなんでもだ。……小宮さんとのやり取りは、今に始まったことじゃない。皆、見て見ぬふりだったたから。ま、俺だって、同じ立場なら口を挟まないだろうから、これぱっかりはしょうがないな……」

拝川は苦笑を浮かべる。

——なんだよ、それ。

初めて見るような表情に、和斗は自分まで苦い気持ちになるのを感じた。

「だからまあ、お前には感謝してる。ぎゃあぎゃあ煩《うるさ》いし、ガキっぽい奴だなあと思ってたけど、男気があるんだな」

「お前なぁ！　馬鹿にしてんのかよ」

「馬鹿にしてなんかない」

拝川は静かに首を振る。真面目な顔つきだった。

「純粋にすごいなと思ってるんだ。あの状況で、口挟める奴なんて、なかなかいないだろ」

「……っ」

真正面からそんなふうに言われて、和斗は咄嗟《とっさ》に顔を俯《うつむ》けた。褒《ほ》められたら褒められたで、どんな顔をしていいのかわからないから困る。

——だからこいつ、苦手なんだよ。とっつきにくいし、感じ悪いし、ホント何考えてるのかわからねぇ……。

だが、拝川が口にした「助けてくれた」という言葉が、胸の内に引っかかっている。

拝川はあの場面でも、小宮に向かって堂々と意見していたし、仕事を押し付けられていたとしても、特に塞《ふさ》ぎ込むでもなく、むしろ難なく作業をこなしているように思える。

といっても、日中の拝川の様子など、これまでほとんど意識したことがないので、和斗が見ていない部分で、それなりのストレスを感じているのかもしれない。

「……まあ、あんまりひどいなら、部長とかに相談したほうがいいんじゃないか」

「ああ……そうだな」

曖昧に頷き、拝川はほんの少し、口元を緩《ゆる》めた。何かホッとしたような顔つきだ。

自分の言葉など、まともに取り合わないだろうと思っていたのに、なんだか意外だった。

食事を終え事務所に引き返したところで、和斗は拝川と別れた。

食事が来るまでの、ほんの短い時間だったが、その間拝川に対し、ほとんど「感じが悪い」とは思わなかった。

話をしたことで、和斗の中の苦手意識が、ほんの少しだけ、和《やわ》らいだように感じた。

八月半ば——短い盆休みを終え、ふたたび仕事が始まった。

残暑は厳しく、日中、屋外作業を続けていると、一気に汗だくになってしまう。この時期は日没が遅いため、作業時間もかなり長くなり、仕事終わりともなれば、暑さと疲労に、もう歩くのも辛いほどヘロヘロの状態だった。

最寄り駅でスーパーに立ち寄った和斗は、いつものように弁当を物色した。

腹は減っているが、暑さのせいか揚げ物ばかりの弁当に、胸がむかつきを覚える。

どうしようかと、手にした弁当を眺めていたら、

「いつも、そんなの食ってんのか」

ふと、背後からそんな声がかかった。

驚いて振り返ると、拝川がかごを片手につっ立っている。

「……お前かよ」

疲れてぼうっとしているせいか、拝川の存在に、まったく気づかなかった。

驚いたが、少し前までのように「げっ」と逃げ出したりはしない。

小宮との一件があってから半月ほど経つが、あの時を境《さかい》に、拝川に対する苦手意識が薄れてきている。ただ、あれ以来、特に接点もないままだったので、何気なく話しかけて来られて、驚いているのも事実だった。

「ここの弁当、味が濃すぎるだろう」

拝川は和斗の持った弁当を指差し、のんびりとした口調でそんなことを言う。

「……別に、食えればなんでもいいんだよ、俺は」

「俺は今から、魚でも煮《に》ようかと思ってる」

「へー、そーなんだ。マメェ～」

和斗は若干《じゃっかん》、嫌味混じりの呟きをこぼした。頭が良くて見た目も良くて、仕事ができる上に、さらに料理も作れるというのだから、まったく嫌になる。

「お前、魚介類なら何が好きだ？」

「なんだよ、急に」

いいから答えろ、と促《うなが》され、和斗は適当に「イカかな」と答える。

「なるほど」

頷き、拝川は突然、こちらに背を向けた。

——なんだったんだ？

見かけたから、ただちょっと声をかけに来ただけだろうか。それにしても、微妙に会話の嚙《か》み合わない感じは相変わらずだ。なんだったんだとポカンとしていたら、しばらくして拝川が戻って来た。

「とりあえず、それはやめとけ」

言うなり、和斗の手から弁当を奪って、もとの位置に戻す。ぐいと腕を摑まれ、一緒にレジまで連れていかれて、気がついたらアパートまでの道のりを一緒に歩いていた。

「……おい。俺、飯食わなきゃならねーんだけど」

この際、弁当のことは悩んでいたからどっちでもいいのだが、それならそれでどこかに寄って帰りたい。

「わかってる」

「じゃあ何なんだよ。お前が今から作ってでもくれるっていうのか」

もしかして、一緒に飲みにでも行くのかと思ったから、まあいいかとついてきたが、気づけばもう、目の前がアパートだ。

拝川がピタリと足を止め、こちらを振り返る。

「イカ、食いたいって言っただろう?」

「――へ?」

和斗は意味がわからず、首を傾げた。

そもそも、好きなものを答えただけの話で、何も食べたいとは言っていない。

「……何。ひょっとして、今から本気で何か作ってくれんの?」

「自分の夕食のついでだから、お前のためってわけじゃないが……でも、お前の分も作ろう」

「だったら、最初にそう言えよ。わかりにくいんだよ、なんか」

拝川は、ごく自然に、和斗と共にアパートまで帰って来た。つまり、同じアパートの住人同士だとわかっているのだ。

大体、ここに来るまで一言だって、誘われていない。仮に飲みに行くのだったとしても、やっぱり同じことを思っただろうが、とにかく、拝川の発言は唐突だ。

「まあ、入れ」

こちらの言葉を意に介さず、マイペースに部屋に入るよう促してきた。

――頭いいから、逆にこんなんなのかな……？

それともただ単に、そういう性格なのだろうか。

いずれにしても、自分はまだ拝川がどういう男なのか、よくわかっていない。

ついさっき、頭も見た目も良くて料理まで、と思ったが前言撤回《ぜんげんてっかい》だ。

この男は徹底的に、テンポがおかしい。

黙っていればモテるのだろうが、実際は非常につきあいにくいタイプなのではないだろうか。

「なんだ。俺の手料理じゃ不安か？」

玄関口で固まっていたからか、拝川が部屋の中から怪訝そうにこちらを振り返った。

「だから、そういう問題じゃねーんだって……」

やや脱力気味に呟き、和斗は拝川の部屋の中に上がり込んだ。

拝川はスーツの上だけ脱いで、エプロンをつけると、そのまますぐに調理に取り掛かる。

長身の拝川が、オープンシャツ姿にエプロンという格好は、見慣れなくてちょっと滑稽《こっけい》に見えた。料理を作ってもらっておいて笑うわけにもいかないので、和斗はそっと視線を落とした。それで、汗でどろどろの自分の作業着に気づき、拝川が料理している間に、一旦部屋に戻って、軽くシャワーを浴びてくることにした。

よほど手早いのか、一階の拝川の部屋に戻ってくると、もう料理が出来上がっている。拝川も着替えを済ませていて、Vネックのボーダーカットソーにジーンズという格好になっていた。

スーツ姿も良く似合っていたが、カジュアルな格好な分、普段見ている拝川よりも幼いというか、年相応の雰囲気だ。

背が高く手足も長いので、飾り気のないシンプルな服装でも、充分見栄《みば》えがする。和斗も拝川とそう大差ない格好なのだが、頭ひとつ分の身長の差は、やはり大きい。羨《うらや》んでもしょうがないが、コンプレックスを刺激される部分だった。

なんとなくちょっとした洋食系の店で出されるような洒落《しゃれ》た感じの料理を想像していたが、テーブルに並んだのは、イカとこんにゃくの煮付け、ほうれん草の煮浸《にびた》し、豆腐とワカメの味《み》噌汁《そしる》といった、なんとも家庭的なメニューだった。上品な味付けで、疲労で弱っていた和斗の胃にも優しく、食べやすい。さすが、スーパーの出来合い弁当にダメ出しするだけのことはあるなと思った。

「やっぱり、一日体力仕事してるだけあるな」

ペロッと平らげた和斗に、拝川が頬《ほお》を緩める。

「そりゃあまあ……。けど、ここんとこ夏バテ気味だったから、こういうもののほうが食べやすくて良かった」

「お前さえ良ければ、また作ってもいいぞ」

「また……って」

「一人分も二人分も変わらないし、職場も同じでアパートも同じなら、お互い気軽だろう」

それは確かにその通りだが、自分たちは特に友人というわけでもないし、なんだったら、つい半月前までろくに話したこともないような関係だったのだ。

いくら和斗が物怖《ものお》じしない性格とはいえ、さすがにそれは気にしてしまう。

「――というのは建前で、まあ……お前だからかな」

「え……」

躊躇《ちゅうちょ》する和斗に、拝川は苦笑混じりにそんな言い方をした。もっと意味がわからない。

「あのさ、それってどういう……」

「どうもこうもない。お前が気に入ったってだけだ」

おもむろに立ち上がり、拝川は食べ終えた食器をシンクへと運ぶ。

「なんで？　なんでそんな急に？」

和斗もつられて立ち上がり、食器を洗い始めた拝川の顔を覗き込んだ。

「お前はまあ、俺のこと、何かと気に食わない部分もあるのかもしれないが……」

ちらりとこちらを流し見て、拝川は軽く肩をすくめている。

「お……俺は別にそんな、気に食わないってわけじゃねーし！」

和斗は慌てたように首を振る。

確かに苦手だったことは認める。だがそれはもう、自分の中から通り過ぎてしまった感覚で、今更そんな風に言われるのは嫌だった。

「じゃあ、たまにこうして飯を食おう」

食器を洗う手はそのままに、拝川は目線だけこちらに向けてきた。ほんの少し、眦《まなじり》が下がって、どこかいたずらっぽい表情になっている。

普段朴訥《ぼくとつ》とした雰囲気が強いからか、そんな風に砕《くだ》けた表情を見せられると、ちょっとドギマギしてしまう。何より、今までずっと感じの悪い男だと思い込んでいたから、ギャップがあり過ぎた。

ただそれでもやっぱり、拝川の言動は、わけがわからない。

「つうかさ……。よくわからねーんだけど、それって、俺と友達づきあいするってことでいいのか？」

さっきからの拝川の言葉は、つまりそういう意味と受け取っていいのだろうか。間抜けな質問だと思ったが、勘違いしていても嫌なので、つい確認してしまう。

「友達か……」

呟き、拝川はまじまじと和斗を見つめてきた。

ほんの一瞬、何か考えるように眉を寄せていたものの、拝川は「そうだな」と頷く。

「まあ、それでいい」

その曖昧な言い方に、和斗は脱力感を覚える。勘違いではないにせよ、ど真ん中の正解でもないらしい。

「おいー。それでいいって何だよ」

「いや。友達になろう」

「だったら最初から『そうだ』でいいじゃねぇかよ！　……ほんっと、お前は言い方がなぁ……」

「はは。お前はキャンキャン吼《ほ》えてばっかりだな」

「……っ、お前なあ！　ほんっと感じ悪ぃ」

くく、と喉《のど》を鳴らして笑われて、和斗はムッと頬を膨《ふく》らせる。

感じが悪い——今までずっとそう思い続けて来たが、今、ぽろっとこぼれ出たそれは、もっと違う意味合いの、軽口の嫌味みたいなものだ。

拝川の印象が変わってきて、自分の感じ方も変わってきている。不思議だった。

拝川は食後のアイスコーヒーまで用意してくれて、まるでちょっとした店にでも来たみたいな気分だった。

「……じゃあ、そろそろ帰るわ。明日の朝、すげー早いんだ」

「そうか」

和斗が腰を上げると、拝川も一緒に立ち上がった。

「今日は、ありがとな。マジ、すげー美味かった」

和斗は玄関口でようやく、礼を口にした。どうにも照れくさくて、言いにくい言葉ではあったが、やはりきちんと伝えておきたかった。

「時間が合えば、また誘っていいか」

「そりゃあ……もちろん」

わだかまりは、あっけないほど簡単になくなってしまって、和斗は悩むこともなく頷いた。

サンキュ、と手を上げ、部屋の扉を閉める。扉が閉まる寸前、こちらを見る眼差《まなざ》しが柔らかに細められるのが目に入ってきた。

——うわ……。

あんな微笑《ほほえ》みが、自分に向けられるとは思わなかった。顔が整っている男だけに、心臓に悪い。

和斗はぐ、と拳《こぶし》を握り締め、なんとか動揺を堪《こら》えた。

——なんだろ……これ。

今まで愛想の無かった動物が、急に懐いてきたような、そんな高揚《こうよう》感がある。

知らず知らずのうちに、和斗の口元も緩んでいた。


その日を境に、和斗はちょくちょく拝川の部屋を訪れるようになった。

といっても、拝川と和斗とでは、仕事の終わる時間が微妙に違うし、せいぜいが週に一度、あるかないかのものだったが、それまでのろくに口も利かなかった頃のことを思えば、かなりの変化だった。

「え、お前拝川と飯食ったりしてんの?」

今日は吉浦と同じ現場になった。

昼休憩の時に、最近、たまに食事をご馳走《ちそう》になっていると打ち明けると、吉浦は驚いたような顔を見せた。

「お前ら、絶対合わなさそうなのになあ」

「俺もそう思ってたんだよ。会話もいまだに噛み合わないトコあるし。けど、それが逆に気楽っつうかさ……。あとあいつ、料理すげぇうまいの!」

「へー、それは意外」

「だろ」

まるで自分のことのように満足げに鼻を鳴らす和斗に、吉浦が苦笑を浮かべる。

「……いいけどお前、男の手料理食ってる場合じゃないんじゃねぇの。社会人になったら今度こそ彼女作るー！　とか言ってた癖によ」

からかうように言って、和斗の首に腕を回してきた。

「あ。けどああいうイケメン側《そば》に置いとくと、それ目当ての女が寄ってきて、脱童貞《どうてい》は叶《かな》うかもな」

「そういうの狙ってねーから！」

睨《ね》めつけ、和斗はプイと顔を背ける。

吉浦だって、和斗よりちょっと背が高いぐらいで、そんなに条件は違わない癖に、大きなお世話だ。

「またまた」

吉浦は回した腕で、和斗の頭をロックしたまま、もう片方の拳で頭をぐりぐりする。

「やめろ！　痛いだろーが」

喚《わめ》いていると、目の前ににゅっと人影が現れた。

影ができたので、二人揃って顔を上げると、拝川が立っていた。

「わっ！」

ちょうど拝川の話をしていたところだったので、和斗と吉浦、二人揃って悲鳴のような声が出た。

「何の話だ」

拝川は、なんだか強張《こわば》ったような顔つきだ。無表情はいつものことだが、こういう表情は、ちょっと珍しい気がする。

「いや、別に。てゆうか、お前、なんでここにいんの」

「篠置さんに呼ばれた。昼からの現場説明に同席するよう言われてる」

「へー、すごいな。もういっぱしの営業マンじゃん！」

「……別に」

現場監督の篠置が同席を求めるという時点で、一人前ということだ。正直、ちょっと羨《うらや》ましかった。

だが仕事中だからか、拝川は少し、そっけない。

「そろそろ昼休憩、終わるぞ。持ち場に戻ったほうがいいんじゃないか」

つっけんどんに言い放ち、拝川はすぐこちらに背を向けた。

「お前、ホントあいつと仲良くやれてんの？」

吉浦が怪訝そうだ。

「まあ、うん。……多分」

あれもまた拝川の一面なので、今更気にはしないが、こうも感じが悪いのは、久しぶりだった。

「鈴見」

拝川が肩を揺すっている。

その週の週末、拝川の部屋で夕飯を食べた後、和斗はまたしてもそのまま寝入ってしまっていた。

仕事柄、朝型になっているので、これまでもたびたび、こうして拝川に揺り起こされている。最初の頃は気を使って、すぐ自分の部屋に帰るようにしていたが、うっかり寝入ってしまっても、拝川が適当な時間に起こしてくれるということもあって、そのうちほとんど気にしなくなった。

「お前、明日仕事は」

「……このまま雨降らなきゃ、五時半起き……」

いっそのこと、雨が降って現場が休みにならないものかと思ったが、ギリギリの工期なので、それは望むに望めない。

そんなことを考えていたのもつかの間、思考はまた停止して靄《もや》がかかったみたいになる。

「ったく……」

また寝入ってしまった和斗に、拝川が小さくため息をついた。

どのぐらいそうしていたのか――隣りに拝川が座る気配があった。

ふと、何か頬を撫でられているような感触を感じる。

――なんだ……？

薄っすら目を開くと、間近に拝川の顔が飛び込んで来た。目が合った瞬間、拝川はハッとしたように体を離す。

どうやら和斗を起こそうとしていたらしい。

「悪い、また寝ちまった」

目をこすりながら、和斗はもそもそと体を起こした。

「俺は明日、普通に休みだから、なんだったら泊まっていってもいいぞ。起こしてやる」

「――えぇ？　いいよ、そんなの。階段ひとつ上がるだけなのに、泊まるも何も」

和斗は笑って立ち上がる。瞬間、足をもつれさせ、ぐらりと体を傾《かし》がせた。

「おい」

すんでのところを拝川の腕に支えられ、どうにかその場に踏みとどまる。

「はは、やべ……助かった」

体のほうはまだ、半覚醒状態《はんかくせい》だったようだ。体勢を戻そうとすると、強い力で肩を抱き込まれていて動けなかった。

「……拝川？　もう大丈夫だぞ」

振り返ると、前髪の間から覗く、鋭《するど》い眼差しと瞳がかち合った。

どこか、強張った表情——和斗はつい最近も、そんな顔つきの拝川を見たなと思う。

——あ。この前、昼に拝川が現場まで来た時も、こんな感じだった。

一体、なんなのだろうか。

拝川をまっすぐに見上げていると、そのまま拝川の顔がすうっと近づいてきた。

——え、何……。

そんなはずもないのに、なぜだか一瞬、キスでもされるのかと思ってしまった。

こちらの気持ちが透《す》けて見えたわけでもないだろうが、直後、拝川の手がフッと離れて行く。

そうしてその手に、ポン、と軽く背中を叩かれた。

「いや。相変わらず、ぼーっとしてるなと思って」

「う……うるせぇよ」

プイ、と頬を膨らませると、拝川がくすりと笑う。ついさっきのあの顔つきが嘘《うそ》みたいに柔らかい雰囲気だ。

——なんだったんだ、今の……。

「都合が悪くなければ、明日の夜も来い。何か夕食を用意しておく」

首を捻《ひね》っている側で、拝川が明日の夕食に誘ってきた。

「あ、うん」

まだ少し、先ほどのことが気になっていたが、和斗はそれでもう「まあいいか」と考えるのをやめた。

もともと、わかりにくいところのある男だ。この前だって、いきなり無愛想になったし、この男と今後友人づきあいしていく以上は、いちいち気にせず、慣れたほうが早い。

「あ。そういやこの前、篠置さんがお前のこと褒めてたぞ。しっかりしてて、とても一年目とは思えないって」

先日、拝川が篠置を訪ねて現場に来た時の話だ。拝川が帰った後、しみじみとそんなことを言っていた。拝川を苦手に思っていた頃ならば、そんなふうに評価されたりすることを面白く思わなかっただろうに、今はそれが自分のことのように誇らしく感じる。

「へえ」

「へえ、じゃねぇよ。俺なんか、篠置さんから説教しかされたことねーよ」

こともなげな拝川の様子に、和斗はつい口を尖らせた。

「そんなこと言って、この前、吉浦と和気藹々《わきあいあい》と楽しそうにやってたじゃないか」

「そりゃまあ、あいつは専門の時からのつきあいだからな」

お互い確認し合ったり、わからないことを聞き合ったりして、専門学校時代、一緒に課題に取り組んでいた時と、やり取りはほとんど変わっていない。

「……そのまま一緒の会社に入社するなんて、本当に親しいんだな」

「あー、それな。よくそういうこと言われるけど、全然違う」

和斗はないない、と手を振る。

「それは偶然なんだ。同じトコ受けるってわかって、お互いにびっくりしたもん。友達は友達だけど、お互い成績も似たり寄ったりだったから、ずっと張り合って来たんだよな」

だがまあ、似たり寄ったりだからこそ、こうして同じ会社に入社したのかもしれない。ここでもまた、お互いに切磋琢磨《せっさたくま》していくのだろう。

「……なるほど、親しいはずだ」

「そりゃあそうだけど。でもやっぱ、あいつの場合はライバルってのが一番しっくりくる。つるんで遊ぶ相手ってわけでもねぇしさ。飯一緒に食ったりしてる分、今なら断然、お前と一緒にいる時間のほうが長いね」

「……それは、どういう意味だ？」

拝川はなんだか、複雑そうな顔でこちらを見た。

「意味って……え、何。そこ、ちゃんと言わないとダメなとこ？」

そんなことを聞き返されるとは思わず、和斗はうろたえてしまう。

さっきからやたら吉浦と親しいと口にするものだから、お前とだって十分親しい——そういうつもりで、つい言ってしまった。

拝川は真面目な顔でこちらを見ている。

「い……今は、お前とだって充分親しいだろ！　そういうことだよ、わかれよバカ」

結局、言わされてしまって、和斗はプイ、と顔を背けた。

「じゃ……じゃあ、また明日！」

どうにも恥ずかしくてたまらなくて、和斗はそのまま、拝川の顔も見ずに慌しく部屋を飛び出した。

こんなことならば、吉浦の話だけで済ませれば良かったと思ったが、もう後の祭りだ。

ふてぶてしいのか素直なのか、はたまた何も考えていないだけなのか、拝川はやっぱり、変わっている。

——ほんと、調子狂う……。

部屋に戻った和斗は、ひとりハア、と頭を抱えた。

翌週、和斗は初めて篠置の元を離れ、ヘルプという形で別の現場に入った。

先輩職人のひとり、瀬戸《せと》の持ち場に、急遽《きゅうきょ》庭木剪定《せんてい》の手が必要となったのだ。簡単な枝落としぐらいなら何度かやらせてもらっているが、庭一面の剪定ともなると、経験の浅い自分にはなかなか任せてもらえない。

和斗がこれから行う剪定作業については、サービス業務なので、一年目でも大丈夫だろう、という判断になったのだ。

現場の上島《うえしま》邸に向かった和斗は、詰めていた瀬戸、大石《おおいし》と挨拶を交わした後、すぐ裏庭にまわった。

三年前に新しく植樹された庭とのことだが、北向きのせいか、木々は思ったほどには成長していない。ただ、庭の広さのわりに木の本数が多いため、鬱蒼《うっそう》とした雰囲気ではあった。

ふと、下草の生育の悪さが気になって、屈んで手で触れてみる。北庭で日差しが弱いところに、さらに高木が生《お》い茂《しげ》っているからだろうか。それにしては問題のない部分も多いので、土質の変化や水はけなどが問題なのかもしれない。三年のうちに、枯れてしまっている部分もある。もう補償の期間は過ぎていて、今回はどうしようもないが、後で瀬戸に相談したほうがいいかもしれない。

ひとまず、使うかもしれないと思い車で運び入れた長尺脚立を壁に立てかける。

その後数時間かけ、和斗は庭の剪定を行い、落ちた枝は、かき集めてゴミ袋へと詰め込んでいった。

一通り集め終えた和斗は、入り口のほうにゴミ袋を運び出すことにした。

目一杯詰め込んだからか、重さに引きずられ縛っていた部分が解け、ゴミ袋は和斗の手からずるりと滑り落ち、足を取られた和斗はつんのめって、立てかけておいた長尺脚立に体を突っ込ませてしまう。傾いた脚立は、反動で倒れ、出窓の庇《ひさし》にぶつかった。

派手な音が響き、入り口側から瀬戸と大石が駆け寄って来た。

「怪我はないか」

ふたりに助け起こされ、和斗は体を起こす。手を地面についた際にできた擦り傷ぐらいだったので、平気ですと首を振った。

だが、脚立の直撃を食らった庇のほうは、めり込んで破損していた。やっちまったなあ、と瀬戸がぼそりと呟く。

「す……すみません」

明らかに、自分の失態だ。先に脚立を片付けてしまっておけば、転んだだけで済んだはずだからだ。手順を間違えたために、大きなミスを引き起こしてしまった。こういう時、一体どうしたらいいのだろうか。和斗は青ざめ、呆然と壊れた庇を見つめた。

できれば直接謝罪したかったが、施主である上島は、外出していて戻りは遅いらしい。

瀬戸らと共に、和斗はいったん事務所に帰ってきた。

「サービスの剪定で、赤字出してどうするんだよ、お前は！」

現場から引き上げ、和斗を待っていた篠置はこちらの顔を見るなり、怒鳴りつけてきた。

「すみません……」

小さい体をますます縮《ちぢ》こませて、和斗は頭を下げる。何度も注意されていたことだけに、本当に情けなかった。

その日のうちにすぐ、上島邸の件で、今後の方針を決めるための会議が開かれた。和斗もまた、末席に座らされる。

瀬戸は念のため、外出先の上島に電話を入れていたが、気難しい老人らしく、話を全部聞いてもらえないうちに、切られてしまっていた。

もしかすると、庇の補修費を負担するだけでは済まないかもしれない。

その日は今後の方針を固め、ひとまず解散となった。

和斗のできることといえば、直接謝罪をさせてもらうぐらいのものだったが、それについては指示を待つように言われてしまう。

歯がゆくてたまらなかったが、責任能力がないのだから、どうしようもなかった。

ミスしたということは、何かしら甘く考えていた部分があったのだろう。手伝いに入ってこれでは、あまりに情けないし何より申し訳ない。和斗はなかなか顔を上げることができなかった。

会議がお開きとなったので、篠置から帰るよう言われ、和斗はのろのろと会議室の外に出た。

「鈴見」

扉の近くに、拝川が立っていた。

和斗は近づいてきた拝川から顔を俯け、そそくさと歩き去る。

大失態だ。正直今は誰とも話したくない気分だった。拝川だって、何をしているのかと呆れているることだろう。

「あー、鈴見くん。聞いたよ。受注金額上回る、損害出しちゃったんだって？」

だが、デスクまで戻ると、今度は小宮が待ち構えていた。

「大赤字だねえ。もしかしたら君の給料でも補填できないんじゃない」

昼休み、拝川を連れ出したあの時以外、一言だって会話を交わしていないのに、こうしてわざわざ嫌味を言うためだけにやって来るとは、本当にいやらしい性格をしている。

だが、今の自分では、この嫌味な男に対しても、何も言うことができなかった。

赤字の件は、さっきの篠置の言葉で把握してはいたが、改めて言われると、胸にずしりと来る。

「小宮さん、ちょっといいですか」

ちょうどその時、拝川が小宮を呼んだ。

小宮につられて拝川のほうを見ると、一瞬目が合った。

小宮はぶつぶつ言いながらも、営業部のほうへと戻って行き、拝川はもうこちらを見てはいなかったが、和斗には、それが自分への助け舟だとわかった。

その晩、九時を回ってすぐ、部屋をノックされた。扉を開けると、拝川が立っている。

「……」

なんとなく、来るのではないかと思っていたから、驚かなかった。

仕事帰りなのか、スーツ姿のままで手には鞄もあった。

「入っていいか」

この状況で嫌だと追い返すわけにもいかず、和斗は拝川を部屋に入れた。

「夕飯は食ったのか」

「帰って来てすぐ、カップ麺《めん》食った」

ジャンクフードが苦手な男なので、渋い顔を見せるかと思ったが、そうか、と頷いた。

「我ながら、食ってる場合かよ、って呆れる」

「そんな言い方しなくていいだろう。食べられなくなるほうが問題だ」

拝川は眉をひそめ、苦々《にがにが》しく呟く。

そうして和斗の向かいに腰を下ろし、鞄から何やらごそごそと書類を取り出した。

「お前が壊した庇のことだ。皆、実際に金額弾《はじ》いたわけじゃないのに、大げさな話してるから、気になってちょっと調べてみた」

「お前、自分だって忙しいのに、そんなことしなくていいよ。どうせ、赤字は決定なんだ」

腹立たしいことに、夕方、小宮に言われた通りだった。受注金額が低い分、赤字の補塡がきかない。自分の給料で何とかなるならそうしたかったが、それとこれとは別次元の話だ。

「いいわけあるか！」

その声に、和斗はビク、と体をすくませる。普段淡々としている分、迫力があった。

だけどこれは、和斗の問題だ。自分のことでもないのに、拝川はなぜそんなに真剣になっているのだろう。

「上島邸は確か、サイディング壁なんだろう？　庇は取り替えでなんとかなるし、出窓の部分だけで延長も短い。普通に考えて、修理費はそこまで高くはならない。修理だって、うちでできるだろうし」

外壁に庇ががっちり組み込まれている構造の場合と違い、上島邸は壁がサイディング板で覆われている構造のため、出窓部分にも既製品の庇が取り付けられていた。付け替えは修理としては簡易で、拝川が言うように、工事部のほうで充分対応できるものだった。

「一応、概算で見積もってみたけど、今回は一階で足場も組まなくていいし、一人工《いちにんく》で充分だ。せいぜい、十万いくかいかないかだぞ」

さすが本職だけあって、拝川は工事関連の見積には強い。だが、それにしたって十万円もかかるのかと思うと、それで良かったなどとは思えない。和斗はハア、とため息をこぼした。

「俺のしでかしたことなんだから、俺の給料で補塡してもらえねぇかな……」

「上の人間の誰一人、そんなこと言ってないだろ。そういうことは、あまり考えるな」

「そうだけど……」

和斗はぐずぐずと覇気《はき》のない声で訴える。そんな和斗に、拝川は両肩をガシ、と摑んで顔を覗き込んできた。

「あのな。失敗しない人間なんかいないんだよ。大事なのは、反省して、次に失敗しないことだろう。今回のことは、次で挽回したらいい」

確かに拝川なら、それも可能かもしれない。だが、自分には無理だ。入社して半年、未《いま》だに失敗も多いし、まだほとんど自分ひとりでできることがない。

「そんな急に、焦《あせ》ったりするな。お前、上からどんだけきついこと言われても、今まで腐《くさ》らずがんばって来てたじゃないか」

拝川の手が伸び、和斗の頭をぐりぐりと撫でた。

「……っ」

瞬間、張り詰めていたものが一気に緩んだ。

俯いているせいで、ぽたぽたと涙がテーブルの上に落ちる。ぐず、と鼻水を啜《すす》り上げていると、向かいに座っていたはずの拝川が移動して、励《はげ》ますように和斗の肩をぐっと抱き寄せてきた。時折、ぽんぽんと肩をやさしく叩いたり、髪を撫でてきたりして、その仕草に和斗の心は少しずつ宥められていった。

落ち着くまで、拝川はずっとそうしてくれていて、和斗はなんだか自分が年端のいかない子供に戻ったみたいな気分になる。

しばらくして、和斗はやっと顔をあげることができた。

「……すまん。みっともないとこ、見せた」

「別に……みっともないとは思わない」

拝川は真面目な顔をしている。だからそれが、その場しのぎで言っているのではないとわかった。

「鈴見……」

耳元に囁《ささや》きが落ちて、拝川は和斗の頬の涙に触れる。ぐい、と指先でぬぐうようにされて、和斗は思わず目を閉じる。

すると突然、拝川の唇《くちびる》が和斗の目じりの涙を吸い上げた。

——えっ。

驚いて目を開いた和斗は、声もなく、拝川を見つめた。といって、和斗に拝川の表情を読めるはずもない。

しかも、何を勘違いしたのか、拝川はふたたび和斗に顔を寄せてきて、そのまま頬に口づけてきた。

「——な、何するんだよ」

信じられない行動に、和斗は慌てて、じたばたと体を動かし、拝川の腕から逃れようとした。

だが、がっしりと抱き込まれて、動くに動けない。しかも、拝川がまた顔を覗き込んできた。

「何って……。鈴見、泣いてたから」

「だ……だからって、なんでキスとか！　俺、男だぞ？」

「当たり前だ。間違えるわけないだろう」

真顔で返され、和斗はあっけに取られてしまう。

かといって、からかっているのでもなさそうで、拝川が何を考えているのか、さっぱりわからなかった。

「お前を慰《なぐさ》められたらと思ったんだが……駄目だったか」

言葉尻がほんの少し、弱くなった。

拝川は拝川で、和斗の様子に面食らっているような雰囲気だ。

——いやいやいや……。

そこはどう考えても、拝川が面食らうところではないはずだ。

突然のことに、和斗は頭が痛くなってきて、額《ひたい》を押さえた。

大体、駄目も何も、職場の同僚を慰めようとしてキスするなんて、普通は誰もそんなことはしない。

だが、拝川の場合、本気でそれが変なことだと思っていないような気がする。

「お前さ……もしかして、誰にでもそんなことしてる？　男はともかく、女の子とかさ」

「まさか。誰にでもじゃない。今だって鈴見だから、自然とそうしたくなっただけで」

拝川がムッとしたような顔を見せる。

「そういう意味じゃなくてさぁ……」

見当違いの怒りを向けられ、和斗は頭を抱えた。

「なんつうか、俺相手に自然とって時点で、変なんだって。そりゃ……その気持ちは、すげー嬉しいけど」

自分の知る限り、拝川は嘘がつけるような男ではない。多分、先ほどからの態度や言葉は、全部本音なのだと思う。

普通のやり方ではないものの、和斗を励まそうとしてくれているのだと思えば、その気持ちを否定するようなことは、できるだけ言いたくなかった。

「と……とにかく、さっきみたいなのはしなくていい。俺が女だったら、間違いなく勘違いするところだぞ」

「勘違い？　何をだ」

「何ってそりゃ……。お前ぐらいイケメンにそんなことされたら、普通、自分のこと好きなんじゃねーかって思うもんなんだよ」

「――ああ、そういうことか」

なるほど、と頷いているが、むしろ、そこに思い当たらない拝川にびっくりする。

「だったらそれは勘違いじゃない。お前のことは、そういう意味で好きだから」

「……へ」

さらりと告げられた言葉に、和斗は一瞬、ぽかんとしてしまった。

「ええええええっ！」

次の瞬間、自分でもびっくりするほど、素っ頓狂な声が出た。

「おかしいか？」

「お……おかしいだろ！　さっきも言ったけど、俺、男だぞ」

「だからさっき、それはわかってるって言わなかったか？」

大真面目な拝川に、和斗は何をどう返したらいいのかわからなくなった。時折感じる、会話の嚙み合わなさは、ここにきても健在だ。

「てゆうか、お前、男が好きなのか？」

「そういうわけじゃない。ただ、お前のことは、すごく可愛《かわい》いと思う」

「そ……そんなの」

真顔の拝川に、和斗はしどろもどろになる。いっそのこと、ゲイだと言われたほうがわかりやすかった。

「……迷惑なら、もうあんなことはしないようにする」

ややあって、拝川がぼそりと呟く。通じていないと思っていたが、拝川なりに納得してはいるらしい。

項垂《うなだ》れている姿が、悲しげにも見えて、なんだかとてもいたたまれない気持ちになる。

「別に、迷惑とかじゃねーけど！」

実際、驚きはしたが、迷惑とまでは感じていなかったし、嘘をついたつもりはなかった。

「じゃあ――」

ホッとしたような顔を見せる拝川に、和斗はぶんぶんと首を振った。

「けど、ああいうの、急にやられるとびっくりするから、やめてくれ」

「前もって、言えばいい？」

そういうものでもない。――ないが、この場合、他に言えることもない気がして、和斗はこくりと頷いた。

それにしても、拝川の先ほどからの、この表情の変わりよう――。

拝川がこんな顔を見せるなんて、さっきの言葉は、嘘でも冗談でもなく、本心からのものということか。

――マジなのか。拝川が……俺を？

和斗は無意識に、手で口元を押さえた。

チラ、と拝川に視線を走らせると、真っ直ぐ、こちらを見返してくる。強い眼差しにドキリとして、瞬間、和斗はひどく落ち着かない気持ちになった。

頬がじわりと熱を持ち、心臓が早鐘を打ったみたいになる。

「鈴見？」

黙り込んでしまったせいで、拝川は和斗の顔を覗き込んできた。しかも、そのまま顔を寄せ、和斗の額にそっと口づけてくる。

「！」

さっき、急にはしないと約束したのに、この男は、行動がまったく伴っていない。

――この野郎！

そう思いながらも、和斗はろくに声も出せず、その場に固まっていた。

拝川の気持ちを聞かされた後だからだろうか。さっきとはまた少し、感覚が違って感じられる。

ただとにかく、顔が熱かった。さっきまでの自分とは打って変わって、拝川のことを意識しまくっている。

「…お前は、本当に可愛いな」

指先で前髪をくしゃりとかき回され、和斗は咄嗟に目を眇める。

視線の先で、拝川が柔らかにひっそりと微笑んだ。

そんな優しげな表情、今まで見たことがなくて、和斗はぎこちなく顔を俯ける。

――なんなんだよ。ホント、急になんなんだ！

頭の中で、何度も何度もそう思って、だけど和斗は一言も発することができなかった。

性格に難有りの男だが、誰がどう見てもモテるし、社内にも拝川を気に入っている女性はたくさんいる。

それなのにどうして、男の自分なんかに、そんな気持ちになったのだろう。

男からの告白というものが有りか無しかを考えるより先に、そんな優越感みたいな感情が、じわりと胸のうちに染みてきた。

だからその時、和斗は自分の気持ちを、それ以上深くつきつめて考えようとはしなかった。

――あ。

拝川の顔がまた近づいて、今度は唇にキスされる。そうして、ろくな自覚もないまま、和斗は拝川からの口づけを許した。


拝川とのことがあって、その晩はどうにも落ち着かない夜を過ごした。だがそんなふわふわした気分は、翌朝、会社に出社すると、一気に吹き飛んだ。

社長自ら上島邸に足を運び、問題の庇をすぐに新しいものと取り替え、補修を完了させた。

どうにかそれで、今後の交渉にはなんとか応じてもらえることにはなった。

その際、和斗は同行を許され、謝罪の機会を与えられた。かといって、許しを得られるわけもなく、その日、和斗はただただ深く項垂れているばかりだった。

交渉は難航していて、今回の新規契約分の工事費用をできるだけ値下げさせたい上島と、なるべく補修負担だけで済ませたい遊木造園側とで、話がなかなかまとまらないのだ。

和斗は謹慎扱いで内勤業務を言い渡され、謝罪で上島宅を訪れたり、事故のレポートをまとめたりしていた。だが、現場が慢性的な人手不足ということもあって、二日ほどですぐ復帰となった。

もともと手の早いほうでもないのに、失敗しないよう、ことさら慎重に作業を進めているので、ますます仕上がりに時間がかかるようになっている。片付けに関しても、同じだった。ただ、そのことについて、篠置はあまりきついことは言わなくなった。それで焦らせてまた何かあってはまずいという判断だろう。

それはそれで、情けなく、自業自得だと感じた。

上島邸の件は、もう社長と瀬戸の預かりとなっていて、一応、一度謝罪を済ませた形の和斗に、出る幕はない。

まとまる話もまとまらなくなるから、勝手に顔を出すようなことは避けるよう言い含められてもいた。

それでも、原因を作ったのが自分だと思うと、何かせずにはいられない気持ちになってくる。上島はそんなことは求めていないだろうし、そもそも和斗にできることなどほとんどない。わかってはいたが、どうにかして償いたかった。それで許してもらおうと思っているわけではなく、ただ自分なりにけじめをつけておきたいのだ。

その晩、拝川から早めに帰宅できるという連絡が入った。平日ではあったが、和斗はふらりと拝川の部屋を訪ね、一緒に食事を摂った。

そうする間にも、頭の片隅を上島邸のことが過《よ》ぎる。なんとかしたいと思えば思うほど、何もできない自分とのギャップを強く感じて、焦りを覚えてしまう。

「……上島邸のこと、やっぱり気になるのか」

それがはっきりと伝わっていたのだろう。食後のコーヒーを差し出してきた拝川は、無表情ながらもなんとなく気遣わしげだった。その言葉に、和斗はしまった、と反省する。せっかく二人で過ごしているのに、拝川に対して失礼な態度だった。

「悪い」

「いや。お前の立場を考えれば、気にするなとは言えない」

拝川らしい言葉だった。理解してもらえた気がして、気持ちが少し軽くなる。

「関わらないでじっとしとくしかないんだろうけど、なかなかそう簡単に割り切れねーの。何か俺にできることで対応できないか、ここんとこそんなことばっか考えてる」

和斗は自嘲気味に肩をすくめた。相談のつもりもなかったが、拝川は「そうだな……」と何か考えるように眉を寄せる。

「関わる関わらないはともかく、現場に入ったお前の目から見て、何か新しく提案できそうなことはないのか。ものによっては、上を納得させられるかもしれないだろう」

「提案なあ……。しようにも、あそこ、あんま築年数経ってないんだよな」

もっと古びた家屋なら、それほど予算をかけないものでも、何らかの提案ができる。だが、上島邸は建て替えや部分補修など、定期的にメンテナンスしているので、目視した限り、外構で手が入れられそうな箇所は見当たらなかった。

「……あ」

「なんだ」

そういえば、裏庭の一部分の下草が、妙に生育不良だった。きちんと調べてみないとわからないが、何も処置しなければ、枯れてしまう可能性が高い。

「――それだったら、お前の専門じゃないか」

「調べて処置提案することなら、俺でも何とかできるかも……」

そしてもしも和斗の手でできることなら、まず和斗の人件費は削れる。

「一度、篠置さんに相談してみたらどうだ。言うだけはタダだろう」

「……うん」

拝川の言う通りだった。

それが直接、金額交渉に役立つことはなかったとしても、気づいた以上はきちんと対処しておきたい。

翌日、和斗は早速篠置に相談を持ちかけた。篠置は最初、あまり良い顔をしなかったが、最終的には、一度社長に話をしてみると言ってくれた。

「上島邸の件、ＯＫ出たぞ！」

数日後、現場に顔を出した和斗に、篠置からそんな声がかかった。

最初は、篠置が上島邸の現場に入らせてもらって、生育不良の原因を調べることになった。

結果、問題は土の排水不良による水はけの悪さということがわかった。施工時、予算不足で充分な排水処置を施さなかったことが、影響しているようだ。

幸い、排水処置ならば和斗でも対応できる。なんとか自分に入らせてもらえないかと頼み込んだところ、社長の判断により、上島からのＯＫが出れば、入っていいという形に決まった。

篠置もこの件について、本音では和斗が対応するのが一番良いと思っていたらしい。最初はにべもなく断られたらしいが、何度も粘《ねば》ってくれて、どうにか和斗が立ち入ることに許可がおりた。

ただし、監督に篠置が側について、という条件付だ。

ただでさえ忙しい立場の篠置の時間を、さらに拘束することになる。任せてもらえた喜びとは裏腹に、それは本当に申し訳なかったが、篠置は自分の監督責任だからと気にもせず、和斗に同行してくれた。

処置自体は、数時間で終わる作業だ。サービスで、少しばかり補植も行い、手の空いていた篠置が、和斗がざっくり枝を落としただけの部分を、ところどころ綺麗に剪定し直してくれていた。

それから数日――。

篠置から、上島がようやく交渉に応じたという話を聞かされた。

「本当ですか？」

「ああ、本当だ。ダメ元で、何でもやってみるもんだなぁ、鈴見！」

篠置も、これにはびっくりしているようだった。

想像でしかないが、上島のほうも少し意地になっていて、何かそういうきっかけを待っていたのかもしれない。

その日の夜、和斗は缶ビール片手に、拝川の部屋を訪ねた。

これまでいろいろ話を聞いてもらったし、そのおかげで道が開けたわけだから、拝川には感謝しきりだ。

残業で遅くなるなら、日を改めようと思っていたが、拝川はわざわざ早めに仕事を切り上げ、八時前にはアパートへと戻ってきていた。

「お前の問題が解決したんだ。今日ぐらいは、パーッと騒がないとな」

「……騒ぐも何も、お前と俺だけじゃん」

大げさな言い方をする拝川に、和斗はついそっけない言い方をしてしまう。

帰り道、拝川はいろいろ食材を買い込んできていて、和斗の持ち込んだビールと合わせ、酒だけでもかなりの量で、冷蔵庫に入りきらなくなってしまった。

飯は美味いし、気分も晴れやかだ。和斗は久しぶりに、ぐでんぐでんに酔っ払ってしまった。

拝川に礼をするつもりで訪ねたのに、これでは何が礼なのか、我ながらさっぱりわからない。

「鈴見。寝るなら、もう帰れ」

拝川が両肩に手を置いて、和斗の体を揺さぶってくる。

「うーん……」

机に突っ伏したまま、和斗は返事ともつかない呻《うめ》き声をあげた。寝入りかけでまだ意識はあるものの、上の階に移動するだけのことが、ひどく面倒に思える。

「鈴見」

ふう、とため息が聞こえた気がして、和斗は目を瞑《つむ》ったまま、くすりと笑う。

すると不意に、拝川が首筋にキスしてきた。

「……っ！」

ちゅ、と吸い上げられ、和斗はその感触に驚いて飛び起きた。

一気に、目が覚めた。

「よし、起きたな、じゃねーよ。お前が変なことするからだろーが！」

咄嗟に首筋を押さえ、訴える。本気で驚いていた。

「じゃあ、泊まっていくか？」

さらりと返されて、和斗は、う、とたじろぐ。

上島邸のことでバタバタしていたこともあって、拝川から好きだと言われたことは、一旦、頭の中から外に放り出して、考えないようにしていた。

ずっと気になってはいたものの、和斗のほうから何かアプローチするという考えは思い浮かばずに、ほったらかしにしていた。

けれど、拝川のその一言が、あの瞬間にぐぐっと時間を戻してしまう。

「お、起きたし……」

「泊まっていけよ」

静かな声が、もう一度そう促す。

いったいどんな顔でそんなことを言っているのかと振り返ってみれば、拝川は眦を下げ、柔らかい笑みを浮かべていた。

「……っ」

何とも言えない気持ちになって、和斗は咄嗟に顔を俯ける。顔が熱いのも、息苦しいのも、酔っているからだ――そう思いたいのに、背後から伸びた手が、テーブルの上の和斗の手に重なった瞬間、和斗の鼓動が一気に跳ね上がった。

「な……、何」

うろたえて見上げると、顔を伏せてきた拝川に、いきなり唇を塞がれた。ぐいと胸元に引き寄せられ、体ごと拝川のほうを向かされる。拝川はそのまま、和斗の体を畳の上に押し倒した。熱い舌先がそろりと和斗の唇を舐め、合わさりの隙間を縫うようにして口内に忍び込んでくる。

「あ、う……っ」

舌先はじりじりと、和斗の歯列をなぞりあげた。

「――ン、っ」

瞬間、ジン、と痺れるような感覚が走り、和斗はびくりと背筋を反らす。舌先は歯列を割って、ぬるりと口内へと入り込んできた。

「ふ、……っ」

歯裏を舐め上げ、つつくようにされると、また背筋が痺れたみたいになって、和斗は無意識に背中をくねらせた。

そうして何度も何度も口内を念入りに舐め回され、和斗はその都度、小刻《こきざ》みな喘《あえ》ぎをこぼす。

前にキスした時とは全然違う。ねっとりと味わうような深い口づけに、眩暈《めまい》がしそうになる。まるで何か、拝川の中のスイッチが切り替わったみたいだった。

長い口づけに、うまく息継ぎできず、和斗は苦しさに拝川の胸を叩く。それでようやく、拝川の唇から解放された。

薄っすら目を開くと、拝川の瞳が、まっすぐこちらを見据えている。いつもの無表情とはまったく違う、ギラギラとした獰猛《どうもう》そうな目つきだった。視線に晒《さら》され、ぞくりと背筋がふるえる。和斗は無意識に胸を喘がせた。

――あ……。

ふと、拝川の目元が赤らんでいることに気づく。

自分ばかり感じているのが恥ずかしくてたまらなかったが、どうやら、拝川も同じらしい。とろりと唾液を滴《したた》らせた唇から、ハア、と熱っぽい吐息が吐き出される。浮かされたように見入っていると、再び拝川が口づけてきた。

「……っ、ん……」

和斗は小さく体をふるわせながら、かすかに喉を鳴らす。

何度も何度もキスされるうちに、自身がじわりと反応し始めていた。キスだけで、体がこんなふうになるなんて、知りもしなかった。

――どうしよ……。

もどかしさに、もじもじと腰を揺らし、和斗は熱い吐息をこぼす。

「……大丈夫か」

口づけを解いた拝川が、顔を覗き込んできた。眦を朱に染め、とろりとした視線を向けている拝川が、ひどくいやらしい。強烈な色香を感じ、和斗はぶるっと体を震わせ、咄嗟に拝川の腕にすがった。

「……っ、う……」

体の奥がチリチリと熱い。

和斗のものは、グンとしなりを見せ、下着ごとジーンズを押し上げている。

——だ……ダメだ、もう……。

これ以上何かされたら、どうなってしまうかわからない。瞬間、頭の中がパン、と弾けたみたいになって、和斗は咄嗟に拝川を押しのけるようにして立ち上がる。

「か……帰る！」

気づいたら、そう叫んでいた。

「鈴見！」

慌てたような声が聞こえてきたが、振り返っている余裕もない。

和斗は途中、何度か倒れ込みそうになりながらも必死で足を動かして、慌しく部屋の外へと飛び出した。

自室に戻るとすぐに、風呂場に飛び込んだ。冷たいシャワーを浴び、なんとか体を落ち着かせようとするが、それでも熱は収まらなかった。

和斗は涙目になりながら、結局、己《おのれ》のものに指を絡ませる。軽く擦りたてると、ジン、とした快感が背筋を走り抜け、体が勝手にがくがく震えた。

「っ、ふ、う……」

そのまま数回扱《しご》いただけで、それはあっけなく弾け、和斗は大きく体をふるわせながら、壁や床に白濁を撒《ま》き散らした。

達した瞬間、和斗の脳裏《のうり》を掠《かす》めたのは、拝川の顔だ。

和斗は、くしゃりと前髪を掴み、ぐずぐずと床に座り込む。

——ああ、もう……。

不可抗力とはいえ、拝川のことを考えながら、達してしまった。あまりにもいたたまれない。

だが、嫌悪感はなかった。むしろ拝川の感じ入ったような表情を思い出すと、また体がジンと熱を持ったようになる。

——これって、どういうことなんだろ……。

もしかして、自分はそういう意味で、拝川のことが好きなのだろうか。友達——たとえば吉浦からは、こんなことはされたくない。だけど、拝川は嫌じゃなかった。

自分は本当に恋愛経験が少なくて、今のこの気持ちを、どのように捉えたらいいのかがわからない。

ただ、拝川に見つめられ、触れられると、頭がかすんだみたいになって、もうどうなってもいいような気持ちになってしまう。それでいて、恥ずかしくてたまらない。

悶々《もんもん》としてしまってなかなか寝付けずに、翌朝、和斗はあともう少しで遅刻しかけた。

夕方、拝川からは昨日のことを気にする内容のメールが届いた。

『昨日は大丈夫だったか』

拝川らしい、一足飛《いっそくと》びの内容だ。

何に対して大丈夫と問うているのか、ちゃんと理解はできるのに、返す言葉が思い浮かばない。

悩んだ末、和斗は『しばらく考えたい』と返した。本当は、昨日みたいなことになるのが怖くて、それで会いに行けない。

『わかった。焦らず待ってる』

気にさせてしまうかもしれないと思ったが、拝川から返って来たメールの内容は、予想外に物分りが良く、穏やかなものだった。

確かにまだ、告白に対し返事らしい返事をしていないが、拝川が焦る必要などないと思った。嫌なら、とっくに無理だと伝えている。ただ、和斗にとっての判断基準は今のところそれだけで、だからこそ一足飛びに答えを出すことは難しかった。何より、なし崩し的にこんなことになって、正直、頭が追いついていかない。

それにしても、およそ恋愛向きとも思えない男の自分を捕まえ、あの拝川が焦ったりするなんて、ちょっと意外だ。少なくとも、告白されてからこれまでのやり取りで、そういう切羽詰まったような雰囲気はまったく感じられなかった。面映い気持ちになりながら、和斗は『サンキュ』と返信した。

年の瀬が近づくにつれ、それまで余裕を持っていた仕事が一気にバタバタになり、工程が崩れ始めた。

年末ギリギリまで仕事が詰まっていた和斗は、社内の納会にも顔を出せないまま、仕事納めを迎えてしまう。

納会のほうに参加できなかった分、和斗は篠置ら現場の数人と打ち上げに向かうことになっていた。そして、戻って来てそのまま実家に帰る予定だ。

会う約束などしていなかったから、拝川とは顔を合わせないまま、年を越すことになりそうだ。

七時過ぎ、現場の片付けを終え、車に荷物を積み込んでいたら、ポン、と背中を叩かれた。

「え……なんで？」

振り返ると、拝川が立っていた。

黒のロングコートに身を包み、作業着にジャンパー姿だらけのこの場所では、ちょっと浮いて見える。

「今日はもう戻らないって聞いたから、顔を見に来た。前、二十八日にそのまま実家に帰るって言ってただろう」

「そ……そっか」

顔を見に来ただなんて、あまりに真っ直ぐな言葉に、胸がジンとした。

和斗が変に返事を延《の》ばしているせいで、なんとなく距離ができている状態なのに、こんな風にさらりと動いてくれて、正直、ちょっと嬉しかった。

「お前はいつ帰んの？」

「いや、俺はこっちで年越しだ」

聞けば、両親がそれぞれ海外に出かけていて、実家は無人らしい。和斗はそれで初めて、拝川が一人っ子であることを知った。

「顔が見られて良かった。また来年な」

今来たばかりなのに、拝川はもうこちらに背を向けた。

「あ、おい。だったら、こっちの打ち上げ参加する？　うちの会社は、あと篠置さんと吉浦がいる」

もうちょっと話していたくて、和斗はつい拝川を誘ってしまう。

「――俺はいい」

眉を寄せ、少し考えるような顔を見せていたが、結局、首を振った。

「そっか……」

残念に思いながら、和斗は「それじゃ」と手を上げる。

無表情に頷いて、だけど拝川はこちらにひらひらと手を振って見せた。

飲み会は主に篠置の独壇場《どくだんじょう》で、最初のうち、和斗がとっ捕まって絡まれていたのだが、気づけばターゲットは吉浦に代わっていた。

「おつかれさまっした！　良いお年を～」

実家に帰る予定があるので、和斗はこれ幸いと、その場を抜け出す。帰りの電車は、さすがに酔っ払いだらけで皆声が大きく、車内はずっと騒々しかった。

窓の外を眺めながら、ぼんやりと先ほどの拝川のことを考える。納会が終わった後、わざわざ電車に乗って、和斗のいる現場まで足を運んできたのだ。

『顔を見に来た』

ほんの少し、はにかむようにして言った、あの表情。一体、どういう気持ちであの場まで来たのか――。

――なんか……。

不意に、胸をせり上がって来るものがあった。鼻の奥がツンとして、和斗は手の甲で鼻をこすりながら、それを堪える。

――お前のことは、そういう意味で好きだから。

拝川がそう言ってきたのは、いつのことだっただろう。

上島邸のことがあった時だから、八月の終わり頃だ。

キスされ、感じてしまって、ひとり勝手にパニックに陥《おちい》って、拝川にはしばらく考えたいと伝えた。

あれから、どれだけ経ったのか――。

この四ヵ月余り、拝川は今までどおりに和斗に接してくれていた。

それをありがたいと感じながらも、反面、拝川ならではのマイペースさだなどと理解したつもりで、本当はずっと、拝川のことを傷つけてきたのではないだろうか。

――俺は……。

電車が駅に到着する。

和斗はいても立ってもいられない気分になって、電車を降りるなり、一気に駆け出した。

ドンドンドン――

呼び鈴を押すのももどかしく、和斗は拝川の部屋の扉を叩いた。

キッチンの明かりが見えるから、いるのは間違いない。

「拝川！」

声をかけると、こちらが誰かわかったからか、すぐに扉が開いた。

「鈴見。どうしたんだ」

拝川は驚いたように目を瞬かせている。

「お前、実家帰るんじゃなかったのか」

「帰るけど！　けど、もう一回ちゃんとお前に会っときたくて」

胸を喘がせながらどうにかそう口にする。駅からここまで一気に走ってきたせいで、息が苦しかった。

拝川はやっぱり不思議そうにこちらを見ている。

——ああ、もう……。

何をどう伝えたらいいのかがわからない。和斗は前髪をわしゃわしゃかき回して、その場に座り込んだ。

「鈴見」

具合が悪いとでも思ったのか、拝川が慌てて和斗の肩に手をかけてきた。

「——俺、お前が好きだ」

言葉はするりと口からこぼれ出た。顔を俯け、拝川の顔も見ないままに訴える。

「なんか……すげぇ待たせてごめん！」

俯いたまま、早口で謝って、和斗は肩に乗せられていた拝川の手首をひしと摑んだ。

「……鈴見」

息を飲むような気配があって、和斗はぎゅっと目を閉じた。

まさか、もう遅いだなんて言わないでくれ——。和斗は、祈るような気持ちで拝川の言葉を待つ。

「本当か、鈴見」

静かな声だ。和斗はうん、うん、と二度、三度慌しく頷いた。

瞬間、腕を絡め取るように摑み返され、和斗は拝川の胸にぎゅっと深く抱き込まれる。

「……わ、」

驚いて、和斗は間抜けな声をあげた。

——お前が好きだ。

耳元に、ぼそりとそんな言葉が落ちる。

ハッと顔を上げ、和斗はまじまじと拝川を見つめた。

胸が苦しい。走ってきたからではなく、ただ目の前のこの男のことを思うと、胸がぎゅっとなって、たまらない気持ちになる。

食い入るように見つめていたら、拝川がそっと口づけてきた。

和斗は何もかも受け入れようと、目を閉じる。なんだか、感極《かんきわ》まって、泣いてしまいそうだ。

「鈴見……」

呟くと、拝川は真上から覆いかぶさるようにして、角度を変えながらゆっくりと和斗の唇を吸い上げてきた。

やっぱりどこで息継ぎをしていいのかわからなくて、和斗はずっと息をつめていた。そのうち息が続かなくなって、じたばたもがきながら拝川の背中を叩いた。

苦笑混じりに唇が離れ、顔を覗き込まれる。背中には拝川の腕がまわされたままで、ずっと抱きしめられていた。

「中で、続きをしよう」

熱っぽく、耳元に囁かれて、和斗は拝川の首にぎゅっとしがみついた。うん、と小さく頷くと、拝川は和斗の体をすくい上げるようにして抱きかかえ、ベッドまで移動する。

ベッドに下ろされると同時に押し倒され、拝川は真上からじっと和斗を見下ろしてきた。

荒い呼吸に、熱っぽい視線――和斗はぶるっと背筋をふるわせる。

――ああ、俺……やっぱこいつのこと、好きなんだ。

そう思ったら、じわりと胸が熱くなり、拝川のことしか考えられなくなった。

無意識に薄く唇を開くと、拝川は覆いかぶさりながら、唇を塞いでくる。

ゆっくり口づけを味わっていたかと思うと、舌先は唇を割って、口内へと忍び込んできた。

そうして、和斗の舌先を絡め取り、じゅっとすすり上げる。

「……、んぅ」

荒々しく唇を吸い上げながら、拝川は片手で器用に和斗の胸元のボタンを外しはじめた。

和斗は与えられる感覚を追いかけるのに必死で、自分が今どういう格好をしているのかさえわからなくなっている。

本当はずっと、こうなることが怖かった。

自分が自分でなくなるみたいで、しかも相手が男の拝川で、その一線を越えたら最後、もう後には引き返せないような気がしていた。

——けど、もうどうでもいい。

拝川に、全部返してやりたい。待たせたりした分、おまけもいっぱいつけて、何もかも与えてやりたかった。

促されるまま腕を上げて、中のシャツまで脱がされる。上半身を露《あらわ》にされ、胸元に唇を寄せられて、和斗はぶるっと体をふるわせた。

拝川は首筋や鎖骨、腕の付け根などに唇で優しく触れ、時折、柔らかな部分をきつく吸い上げた。

じんわりとした痛みの後、仄《ほの》かな熱がさざなみのように這《は》い上がってくる。これまで感じたことのないような感覚だった。

「――っ、あっ」

必死で声を堪えていた和斗だったが、いきなりわき腹に歯を立てられて、とうとう声をあげてしまった。

後はもう、まったく我慢ができなくなって、拝川が触れるたび、口づけるたびに声がこぼれた。

ふと、視線を胸元に落とすと、こちらを見る拝川と目が合った。

長い腕が首の後ろにまわされて、下側から噛み付くようにキスされる。すぐさま、熱い舌先が歯列を割り口内へと入り込んできた。

じりじりと歯裏や上顎を嬲《なぶ》り、かと思えば舌先を和斗の舌に絡ませ、じゅ、と吸い上げてくる。

「……う、っ、……っ」

熱くざらりとしたその感触に、和斗は喉を鳴らし、ぶるりと背筋をふるわせた。

口づけに気を取られている間に、わき腹を撫でていた拝川の手が、そろりと和斗のジーンズと腰の隙間に入り込んでくる。いつの間にか前は寛《くつろ》げられて、ジッパーも下ろされてしまっていた。

あ、と思う間もなく、拝川の手が、下着の上から和斗のものをゆっくりとなぞった。

「……っ、わ、やめろ」

「——嫌か」

またそんなふうに尋ねられて、和斗はぐ、と唇を嚙んだ。

そんなものは恥ずかしさのあまり、咄嗟に口にしてしまっただけで、本気ではない。だけどそうとも言えず、和斗は耳まで真っ赤にして、小さく首を振った。

拝川は口元を緩め、和斗の肩口にぐり、と額を押し付けてきた。

——でっかい犬に、じゃれつかれてるみてぇ……。

そんなことを思って、和斗は目元を緩ませた。大柄で、歳だって上なのに、やたらと拝川が可愛らしく思える。

背中に腕を回し、拝川の体をぎゅっと抱き寄せた。

——あ……。

密着したことで、拝川の昂《たか》ぶりが腿《もも》のあたりに押し当てられる。硬くそそりたつそれに、和斗はごくりと唾《つば》を飲み込んだ。

——でも……俺と一緒じゃん。

興奮しているのも感じているのも、和斗ばかりではない。拝川も同じように感じてくれている。そう思ったら、単純に嬉しくなった。

「……どうした？」

へへ、と笑うと、拝川は怪訝そうな顔を見せる。

「なあ。俺もここ、触っていいか」

和斗は拝川のものに指先を這わせる。

「いいけど……お前、平気なのか。経験は？」

「ねぇよ！　お前、わかってて聞いてんだろ！」

自分が誰ともつきあったことがないだとか、童貞だとか、そんな話は一度もしたことがなかったが、そういう聞き方をするということは、拝川は絶対に気づいている。

「……すまん。ちょっと、確認したくなった」

「確認？　趣味悪ぃな……」
チ、と舌打ちすると、拝川がキスしてきた。真っ直ぐ和斗を見て、嬉しげに目を細める。
――わ……。

この状況で、そんな顔をするのはやめて欲しい。瞬間、和斗の顔が茹蛸《ゆでだこ》みたいに真っ赤に染まった。

しかも、拝川のそこはますます大きく張り詰め、ジーンズを押し上げる。

「悪いな。俺がお前の初めてかと思ったら――」

「……っ」

口にしなくても、体の反応で、気持ちが全部伝わってくる。

ふと、こみ上げてくるものがあって、和斗は咄嗟に目を伏せた。

「鈴見?」

俯き、小さくふるえていると、拝川が下側から啄ばむようにして、軽いキスを送ってくる。同時に首筋や頬を優しく撫でられるうち、少しずつ気持ちが落ち着いてきた。

「どうした?」

低く、優しい声。

愛想がない、言葉も足りない、何を考えているのかわからない——ずっとそう思っていたけれど、それは多分、この男のことをちゃんと見ていなかっただけなのだろう。

和斗は無言のまま、ふたたび拝川のそこに手を触れさせる。

「おい、鈴見。別に俺は——」

「いいんだ。今は俺、お前になんだってしてやりたい……」

本心だった。

焦れたように、拝川のジーンズのホックに手をかけるが、慣れなさからか、手がふるえてうまくいかない。もたつく和斗の手に、ふと、拝川の手が重なった。まるで教えるみたいにして、一緒にホックを外していく。そうして和斗の指を取り、拝川は自身の下着の中へと手を引き込んだ。

——あ……。

熱く猛々《たけだけ》しいそれが、指先に触れる。和斗は羞恥《しゅうち》に、目尻をじわりと赤く染めた。

拝川は和斗の手を使って、ゆるゆるとそこを扱き始めた。自分とは違うやり方、動きに次第に興奮を覚え、和斗は無意識に、じり、と腰を浮かせた。その腰を引き寄せられ、拝川は和斗のものに己のものを擦り付けるようにしてきた。

「あ、え……っ」

拝川は互いの昂ぶりをまとめて握り込んで、和斗の手指ごとゆっくり上下させはじめた。

「う……っ」

指先だけでなく、硬く熱いものが己のそれに擦れ、変な声が出てしまいそうになって、和斗は唇を噛んだ。

拝川の手指の動きが次第に激しくなり、そこをくちゅくちゅと荒々しく扱きたてる。和斗のものはますます張り詰め、先端からとろりとした滴りを溢《あふ》れさせはじめていた。拝川の下半身もまた、大きく張りつめ、先走りに濡れそぼっており、もうどちらがどちらのものなのかもわからない。

「……っ、ふ、」

無心に擦り合いながら、拝川は時折、我慢できないというふうに、和斗の頬や首筋にキスをしてきた。舌を吸い上げられ、同時にそこを激しく擦りたてられ、和斗は小刻みな喘ぎをこぼす。

「あ、っ、あ、あっ」

耳元に、苦しげな拝川の吐息が落ち、余計に煽《あお》られた。

「っ、……あ、ダメだ、も……」

「……俺もだ」

瞬間、ぶるっと大きく体を震わせ、ふたりして達してしまう。白濁はどろりと手指を汚し、腹や胸元、顎の下や頬まで飛び散っていた。

「なあ……どうだった？」

しばらくの間、お互いにハアハアと肩を喘がせていたが、ややあって、拝川がそっと聞いてきた。響きから、純粋に知りたがっているのがわかる。

「……っ」

何か言ってやりたかったけれど、恥ずかしさのあまり、何も言うことができない。代わりに、拝川の体にしがみついた。

「また、してもいいか」

懲りずに、まだそんな質問をしてくる男に、和斗は軽く腹に一発ぶち込んだ。

シーツの上、う、と蹲《うずくま》った状態で、拝川はこちらを見上げた。

「……な、なんだよ」

今にも蕩けそうな眼差しを前に、ひどく落ち着かない気持ちにさせられる。

「友達でもいいって思ってたから……嬉しいんだ」

「……そんな言い方、すんなよ」

友達だったら、絶対こんなことはしない。——そう。好きでなければ、こんなことは、絶対に。

「殴って悪かった」

ぼそりと謝って、和斗は蹲ったままの拝川に、おずおずと近づいた。

拝川の手が伸び、ゆっくりと和斗の髪を掻《か》き上げる。

静かに顔を近づけると、和斗は拝川に、そっと触れるだけの口づけを落とした。


年が明け、三日目にはもう、和斗はアパートに戻ってきていた。

拝川がひとりで正月を過ごしていると思うと、すぐにでも戻ってやりたい気がして、実家にはあまり長居できなかった。

「おかえり」

顔を出した拝川は、いきなり和斗の体を抱きしめてきた。表情だけでは、読みにくい所のある男だが、その態度に、喜んでいることがわかる。

顔を合わせたのは五日ぶりだったが、気持ちとしてはもっと離れていたような感じだ。だからだろう。我ながら、かなり浮ついていた。

「お前、初詣《はつもうで》まだだって言ってただろ。今から行かねぇ？」

浮ついているついでに、和斗は拝川を初めてデートに誘った。もちろんデートと思っているのは、心の中のことで、こっ恥ずかしくて、そんなことは口にできない。

三日目の早い時間ということもあってか、参拝客は数えるほどだ。

気まぐれにおみくじを引いたところ、拝川は大吉、和斗は末吉で、日ごろから持っている運の違いみたいなものを見せ付けられた気がしてならなかった。

近くのバーガーショップで、昼食を取る。

「年の初めに、初デートだな」

和斗が恥ずかしくて口にせずにいたことを、拝川が今思い出したみたいに、さらりと口にした。

「縁起《えんぎ》がいい」

続けられた言葉に、和斗はパチ、と目を瞬かせる。そこまでは考えていなかった。

そりゃいいや、と笑っていると、カウンター席に座っていた女性客と目が合った。そういえば、さっきは向かいの席の女子高生とも目が合った。

確認するまでもない。

ズズ、とストローを吸い上げている目の前の男が、先ほどからずっと、店の女性客の視線を集めていた。

拝川ほどの容姿であれば、当然といえば当然だ。

「……」

その拝川は、彼女たちのような可愛かったり、綺麗だったりする女性たちではなく、和斗が好きなのだ。男であるということは、拝川にとってあまり意味がないようだが、それでも和斗は、特別目立つような存在ではない。アイドル並みの派手な顔立ちでもないし、身長だって小さかった。

——なのに、俺だなんてさ……。

そう思って、無意識に口元が緩んだ。

目の前の女性たちには申し訳ないが、ついつい得意げな気分になってしまう。

「どうした」

「あ……なんでもない！　なあ、これからどこか行かないか」

気分の良さも手伝い、和斗はそんな提案を口にする。連れ歩いて、拝川のことをもっと見せびらかしたい——そんな気持ちだった。

「俺は別に、お前と一緒にいられたらそれでいい」

「どこでもいいってことか？」

「そうじゃなくて。……アパートに戻って、お前とイチャイチャしていたい」

「イ……イチャイチャって……」

真顔で直球を放ってくる拝川に、和斗は思わず顔を赤らめる。

この男は本当に、自分のことが好きなのだ。そう思うと、どうしたって浮かれてしまう。

「帰ろう」

おもむろに席を立った拝川は、和斗の手を取り歩き出した。

すっかりテンションの上がっていた和斗は、自分たちが男同士であること、公衆の面前であることも忘れ、手を繋がれたまま、拝川について行った。

拝川を見ていた女たちが、驚いたように目を瞬かせている。

しょうがないだろ、と見返しながらも、やっぱり気分がいい。

だからだろうか――あまり人の多い時間帯でなかったのを良いことに、和斗と拝川は店を出てからもずっと手を繋いだまま歩き続け、結局、最寄の駅に到着するまでそうしていた。


正月休みが終わり、仕事が始まった途端、また一気に慌しくなった。

年末に続き、年度末も竣工が相次いで、相変わらず、外構部分の工期がぐちゃぐちゃだ。それでも件数をこなすうち、経験が少しずつ身についてきている実感があって、最近はそれなりの時間で満足のいくものを仕上げられるようになっていた。

この時期、和斗は朝が早く、土日の休みもほとんどない。拝川もまた、残業時間が延びていて、一緒に食事することも、ままならなくなってきていた。

といっても、たまにメールや電話のやり取りをしているので、それほど距離を感じることはなかった。

「鈴見ー、ちょっと会社まで頼む」

篠置に言われ、和斗は急ぎ会社まで戻った。急遽、変更の出た箇所があるらしく、図面をもらって来て欲しいとのことだった。

用意できていると聞いていたのに、ついさっき、さらに修正が入ったとかで、社内でもう少し待つよう言われてしまった。

中途半端な時間だったから、外出しているかと思っていたが、営業部に拝川の姿があった。待ち時間の間、和斗はこれ幸いと近づいていく。

「よ!」

ポン、と背中を押すと、拝川がハッとこちらを振り返る。

「鈴見。どうしたんだ」

「図面もらいに来たけど、待ち時間出ちゃってさ。ちょっとだけ、顔見に来た」

「そうか」

和斗の言葉に、拝川が笑みを浮かべる。

「あ、けど邪魔だったか」

入社したばかりの頃、吉浦としゃべっていて、煩いと言われたことがある。もしかすると、拝川自身、仕事中の雑談は苦手なのかもしれない。

「いや、そんなことはない。ちょっと休憩しようと思ってた」

苦笑し、拝川は立ち上がった。

給湯室側に、喫煙室を兼ねた休憩所がある。拝川も自分も煙草は吸わないが、自販機もあるので、そこに足を向けた。

利用者は他になく、自販機で二つ、コーヒーを購入すると、和斗は拝川とふたり、平ベンチに腰を下ろす。

「ちゃんと飯食ってるか？　忙しいんだろう」

「適当に食ってるよ。けど、お前のほうも日をまたぐこと多いって言ってただろ。平気か？」

「一時的なものだからな。まあ、やるしかない」

弱音を言わないのが、なんとも拝川らしい。それでも、相談する相手もなく、内に溜め込むところがあると知っているから、やはりちょっと気がかりだ。

「おいおいおい、二人揃って仲良くサボリか？」

突然、大げさで無遠慮な声が響く。

スペースの角に、小宮が立っていた。

和斗は「げ」と顔を引きつらせる。

「すいません、俺、昼休憩取ってないんで、少しだけ」

「困るなー、そういうの。これだから一年目は自覚無くてさ」

拝川の言葉に、やれやれと首を振ってみせる。相変わらず、くどくどとどうでもいいことを言ってくる男だ。

「て、いうかさ……」

ふと、小宮が声を潜める。口元には、なぜだか笑みが浮かんでいた。なんだか、嫌な感じの笑い方だ。

「お前らさ、タイプ違うのに、仲いいなぁと思ってたけど……デキてんの？」

「――は？」

それまで黙っていた和斗は、思わず声をあげた。なぜ小宮がそんなことを聞いてくるのかがわからない。

小宮は背後を振り返って、誰もいないのを確認するような素振りを見せ、スペースの中へと踏み込んできた。

「見ちゃったんだよなー、正月にお前らが仲良く、手を繋いで歩いてるとこ。俺、マンションあの辺なんだよ」

にたりと笑う小宮を、和斗は呆然と見つめた。

「で、どうなの。ふたりはそういう関係なんですかぁ？」

揺さぶりをかけようとしているのか、わざと間延びした言い方をしてみせる。癇《かん》に障ったが、煽りに乗れば、言わなくて良いことまで口にしてしまいそうだ。

「鈴見、事務所に戻ってろ」

ぼそりと、拝川が呟く。無表情に小宮を見つめていた。

「……けど」

そもそも、あの時手を繋いだのは、和斗が拝川を初詣に誘ったことがきっかけだ。それがまさか、小宮に見られていてこんなことになるだなんて、思いもしなかった。

迂闊《うかつ》だったのは自分も同じなのに、拝川に押し付けて逃げるみたいなことはできない。

「おっ、なんか彼氏っぽいんじゃないの、今の。鈴見くんはさぁ、自分が男なのにそういうの、きゃー素敵ー、とか思っちゃう感じ？」

「……っ。そんなわけないでしょう！」

我慢できずに、否定する。妙な勘ぐりはやめて欲しい。

「そんなわけないのに、仲良くお手て繋いで、あんな楽しそうに歩いてたわけだ。なあ、昔から男が好きだったりしたのか？　拝川も拝川だよなあ。ウチの会社の女ども、あんだけきゃあきゃあ言わしといて、実は女には興味ありませんってさ……それはないいんじゃないか」

小宮の言動にはあからさまな嫌悪感が滲んでいる。和斗はキッと小宮を睨みつけた。

「何見たか知らないけど、あんま適当なこと言わないでください」

仮に小宮が手を繋いでいる自分たちを見たとして、そこから先は全部この男の妄想でしかない。こちらが認めない限りはどうなるものでもないと思った。

だが、小宮はニヤリと唇を歪ませる。

「適当? お前、これ見てもそんなこと言えるのか」

小宮はジャケットのポケットから、携帯を取り出した。操作の後、和斗に向かって画面を見せ付けてくる。

「……っ」

携帯画面には、自分と拝川が映し出されていた。遠距離からデジタルズームで無理やり拡大して撮ったのが丸分りの粗い画像だったが、確かに手を繋いでいて、間違いなく正月に二人で初詣に出かけた時のものだ。

だが、それがわかるのは自分たちと、現場で自分たちを見た小宮だけだ。写真は後姿だし、しらばっくれようと思えば、いくらでもできる。——わかっていたが、和斗はそう突っぱねることもできず、ただ呆然とつきつけられた写真を見つめていた。

ふと、拝川がこちらを見ていることに気がついた。だが、麻痺したみたいに何も考えられない。拝川に声をかけることにも躊躇《ためら》いを感じ、和斗は無意識に拝川から目を逸らした。

「……小宮さん。その写真ですけど、そこに映ってるのが本当に俺たちなのかどうか、俺にはよくわからないんですが」

拝川はやんわりと口を挟んできた。

「は？　拝川、お前何言ってんの。俺がこの目で見たっつってるだろ」

「……どうでしょう。俺は正月休みの時に小宮さんと会った記憶がないので、なんとも言えないです」

さらりととぼけてみせ、拝川は絶句した和斗のフォローにまわる。

「そういうこと言うんならなあ、これ社内メールでまわしてもいいんだぞ」

「俺には心当たりがないので、ご自由にとしか……」

「シラ切ればいいと思ってるんだろうが、俺が信じるわけねーだろ」

少しも動じた様子のない拝川に、小宮は苛立ったような顔を見せる。携帯を胸ポケットにしまうと、拝川に向かって指先をつきつけた。

「このキモい変態野郎どもが！　見てろよ、そのうち絶対お前らのことバラしてやる」

口汚い言葉を残し、小宮は休憩スペースを出て行った。

二人が交わした会話が、頭の中でぐるぐると回っている。だが、それだけだ。依然、思考回路が麻痺していた。

拝川は念のため、スペースから顔を出して本当に無人になったかどうか確認している。

「あんなのは気にしなくていい」

くるりとこちらを振り返り、拝川は気を取り直したようにそう言った。

「けど……」

だが、和斗は素直に頷けない。

拝川はわからないの一点張りを貫き通したが、実際のところ、拝川だって小宮の写真が本物とわかっている。ろくに対応を考えることもできないような状況で、楽観的になることは出来なかった。

「だったら……。だったらいっそのこと、しばらく距離を置いてみるか」

「――え」

思いも寄らない言葉を返され、和斗は大きく目を見開く。

「小宮さんのことだから、この先、しつこく絡んでくるだろうし。嘘つくのとか……鈴見は絶対に無理だろ」

「それは、そうかもしれねぇけど……」

本当は、小宮のことなんかで拝川とそんなふうになるのは嫌だ。だけどさっき、自分は小宮に何も言い返せなかった。変態野郎どもなんて、あんなひどい言葉を投げつけられてさえだ。

――けど……。もしかして今は、そのほうがいいのか？

そんな考えが、脳裏を過ぎる。

距離を置くなんて言い方に、ぎくりとしてしまったけれど、拝川だって、あくまでも小宮をかわすためのポーズとして、そう言っているだけだ。お互い同じアパートで、会おうと思えばいつだって会えるのだし、小宮だって、わざわざプライベートの時間を割《さ》いてまでは関与しては来ないだろう。

そう思いなおし、和斗はそうだな、と呟く。

「すげぇ腹立つけど、お前の言う通りかも。今は、そうしたほうが……」

「……そうだな。じゃあ、そうしよう」

真っ直ぐこちらを見つめていた拝川は、かすかなため息と共に頷いた。本音では、やはり納得がいかないのだろう。

「ごめんな。あの時俺が初詣になんか誘ったばっかりに」

「違うだろ。俺が手を繋いだのがまずかったんだ。悪いのは俺だ」

そう言って、拝川が励ますように軽く背中を叩く。

「お前はそろそろ行け。現場、戻らないといけないんだろ。ぼんやりして、怪我とかするんじゃないぞ」

「うん」

こんな状況だからか、拝川の優しい言葉がやけに胸に沁みる。拝川も自分も、まさか小宮からこうした非難を受けることになるとは、思っていなかった。本当に、最悪だ。

休憩スペースを出る際、チラ、と拝川を振り返った。目を伏せ、唇を引き結び、ひどく疲れたような顔つきをしている。

現場に戻れば小宮と関わらずに済む自分と違って、拝川はこの後も小宮と顔を突き合わせて仕事しなければならない。

茫然自失の和斗がいた手前、なんでもないように振舞っていたけれど、実際のところ、気楽でなどいられるはずもないと思った。

――なのに、俺ときたら……。

いつもの自分なら、小宮に向かって絶対何か言い返していたはずなのに、馬鹿みたいに突っ立っているだけで、何も言えなかった。

これまで拝川との関係について、あまり深く考えたことがなかったから、和斗はあの時、小宮の態度につい怯んでしまった。あからさまな嫌悪感をぶつけられ、ほんの一瞬、自分たちの関係を後ろめたく感じたのだ。自分で気づいていなかった部分を、無理やり曝け出させられたみたいで、今もまだ、ひどく心もとない気分だった。

――情けねぇな……。

そういう意味で、先ほどの拝川の対応は正解だった。小宮の言動を聞き流し、ほとぼりが冷めるのを待つことこそ、一番の解決策なのだろう。

ポーズとはいえ、しばらくの間、社内では拝川を避けなければならない。小宮に振り回されているみたいで面白くなかったが、今はそれが問題解決への近道と信じて、お互いのためにも、我慢するしかなさそうだった。

年度末の過密スケジュールの末、二月半ばに、詰めていた現場が、工期延長となってしまった。会社的にはありがたくない話だろうが、どう考えても間に合わない状況だったので、現場の人間は皆、ホッと胸を撫で下ろしていた。

それに合わせ、和斗は篠置と共に、別の現場のヘルプに入ることになった。同期の新田が、他の先輩たちと共に詰めている現場で、敷地面積が大きく、外構部分もかなり広い。二月末の竣工を目指しているため、増員して出来るところから突貫で進めていくことになりそうだ。

資材や機材の運び入れは、一番下っ端の和斗や新田の仕事なのだが、新田が免許非所持のため、運搬については和斗が一手に引き受けている。

その日の夕方も、会社に届けられている資材を取りに行く予定があった。詰所に置いていた車のキーを取りに向かうと、背後から「お疲れ」と声がかかる。拝川だった。

「おう、お疲れ」

まさかこんな場所で顔を合わせるとは思わなかったから、和斗は嬉しくなった。

小宮の件もあって、ここ二週間、社内では極力口をきかず避けあっているような状態だったし、お互い仕事も忙しくて、なんだかんだプライベートでもろくに顔を合わせていなかった。だから、余計そのように感じる。

「どうしたんだ」

「ああ、ちょっと篠置さんに呼ばれて」

「そうなんだ」

直接担当物件が振り分けられるようになったことがきっかけで、拝川はこうしてたまに現場に現れるようになった。

篠置ら現場担当者と、取引先との仲介を務めるためだ。打ち合わせというのも、大抵その摺り合わせで、ここ最近は出ずっぱりという日も少なくないらしい。

「お前はもう上がりか?」

「いや、会社まで資材取りに行ってくるだけ。打ち合わせ、そんなかからないなら、待っててもいいぜ。乗せてってやる」

この後会社に戻る予定なら、拝川だって手っ取り早いだろう。

「ありがたいけど、ちょっと時間がかかりそうだ。悪いな」

それじゃ、と言い残し、拝川は奥へと入って行く。和斗は手を上げ、その背中を見送った。

仕事だから仕方がないが、ここのところゆっくり話すこともできずにいたから、ちょっと残念だ。

肩をすくめ、和斗は車に向かった。

会社に戻ると、和斗は自席に積まれていたいくつかの資材を台車に乗せ、ビル前に停めていた車まで運んだ。

「うわー、これからまた現場戻るんだ」

大げさな声に振り返ると、鞄を持ち、コートを着込んだ小宮が立っていた。どうやら、帰るところらしい。

「……お疲れさまです」

無視するわけにもいかず、和斗は軽く会釈する。

「なーんか、ちゃんと顔見るの久しぶりだなあ。あの時以来じゃないか？　もしかして、こっち来ないようにしてたりして」

和斗は積み込みの手を止め、小宮を振り返る。あの時、という部分だけ、わざと声を大きくして、本当に嫌味な男だ。

「……別に、そんなことないですよ」

「そんなことあるだろう？　最近、全然拝川のとこ来ないくせにさ」

その通りだったが、和斗は黙っていた。

「そういう態度も、俺からしたら認めてるようなもんだぜ。なんで気づかないのかねぇ。俺はお前らみたいなのが会社にいると思うと気持ち悪くてたまらないよ。あの写真ばら撒いたら、揃って消えてくれるのかね」

ひどい言葉だ。怒りに目の奥がチリチリした。和斗はグッと怒りを堪え、車に乗り込む。感情のまま言い返したら、もっとひどいことになるかもしれない。拝川を避けてきた、この二週間が無駄になるのも嫌だった。

車を発進させ、ルームミラーを見ると、突っ立った小宮が、まだこちらを見ていた。和斗は慌てて視線を前に向ける。

——別に、あんな写真……。

そう思おうとするが、鼓動が跳ね、なかなか収まらない。そのうち、気分が悪くなってきて、いったん歩道側に寄って、車を停止させた。

和斗はハンドルに顔を伏せ、深く息を吐き出す。

どうして、ああもひどいことを言われなければならないのだろう。拝川は、ほぼ毎日、こんな精神攻撃をやり過ごしているわけだ。

——もっとあいつとゆっくり話したいや……。

胸の奥に、ぽろりと弱音がこぼれ、和斗はぎゅっとハンドルを握り締めた。

八時頃、アパートに帰宅した和斗は、拝川を訪ねることにした。一階の拝川の部屋は真っ暗で、まだ帰っていない。

念のため、今日会いたいというメールを送っていたが、携帯を見るどころでないのか、返信がないままだ。こういう時、同じアパートというのは便利で、気軽に不在確認が出来る。和斗は三十分ぐらいの間隔で、何度か拝川の部屋を見に外に出た。

部屋に明かりがついたのは、十一時を過ぎた頃だ。

扉をノックすると、すぐ、拝川が顔を出した。

「遅くに悪い。一応、メールしといたんだけど……今からちょっとだけ、話せないか」

「いや。俺のほうこそ、返信できなくて悪かった」

戸口に立った拝川は、ひどく疲れた顔をしている。それも、当然だ。

この時期、忙しいのはお互い様だが、拝川と自分とでは、多分、任されている仕事のプレッシャーが全然違う。今日もあれから会社に引き返して、残業していたのだろう。

小宮の存在もあるし、そんな中、毎晩こんな時間まで仕事しているのかと思うと、さすがに心配になった。

和斗は今日の夕方、小宮と鉢合わせになった時のことを打ち明けた。

「あいつと話してると、なんかもうスゲー嫌な気分になってくる。お前のほうは、大丈夫か」

「別に平気だ」

「なら、いいんだけど……。お前は毎日顔合わせてるだろうからさ」

一緒に小宮の悪口を言いたかったわけでもないのだが、淡々とした様子の拝川に、なぜだか肩透かしを食ったような気分になる。

「こんなこと、いつまで続くのかな。そのうち、マジで写真ばら撒かれそうで嫌だ」

「……やっぱり、気になるか？」

一呼吸おいて、拝川はそう聞いてきた。

「そりゃ、なるよ。当たり前だ。見る奴が見たら、わかるだろうし……俺、そうなったら、うまくかわせる自信がねぇよ」

拝川と違って、自分はすぐ顔に出るし、人にあれこれ詮索されるようなことも、あまり好きじゃない。

「なあ、鈴見。できたらしばらく……会社だけでなく、こういうふうに会ったりするのもやめないか」

「え……」

いきなりのことに、和斗は面食らう。この流れで、どうしてそんな言葉が出て来るのかわからなかった。

「なんでそんな話になるんだよ。もしかして、小宮に何か言われたのか？」

「そういうわけじゃない。ただ、小宮さんは何するかわからないところがあるから、念には念をというか……」

「は？　まさか、ここまで覗きにでも来るっていうのかよ」

つい、声が大きくなって、拝川に手で唇を塞がれた。

「お前、自分でさっき、かわせる自信がないって言っただろう。だからってわけじゃないが……今は一時的に離れているほうが、そういうボロも出にくいんじゃないかと思う」

両隣の住人を気にしてか、さっきからお互い、小声でぼそぼそと話しているような状態だ。

これでは聞きたいことも思うように聞けず、埒が明かない。

和斗は口を塞いでいた拝川の手を引き剝がすと、強引に部屋の中に入ろうとする。

「鈴見！」

時間が遅いのも、疲れているのもわかるが、まがりなりにも自分たちの今後の話をしているというのに、こんな玄関先に突っ立ったままの状態で、おざなりにやり過ごそうとしないで欲しい。

拝川は困ったようにため息をこぼした。和斗が部屋の真ん中にどかっと座ったのを見て、仕方なく、部屋の扉を閉めた。

「……そんな顔しなくても、時間はとらせねぇよ」

テーブルを挟んで向かいに座った拝川に、むすりと言い放つ。

「さっきの話だけど。俺は絶対、納得できねーからな」

「今だけだって言ってるだろう。今は何をするかわからないけど、俺たちが相手しないで無視してたら、小宮さんだってそのうち飽きるかもしれない。それまでの辛抱《しんぼう》だ」

「そんなの、いつになるかわからねぇのに、待ってられるもんか！」

「……それは、お前が待つ自信がないからだろう」

吐き捨てる和斗に、拝川はフッと声を低めた。

「え？」

「鈴見は今、男同士ってことに及び腰になってる。それは、小宮さんにつつかれて、自分たちの関係がやましいと思ったからだろう」

「お前、急に何言って……」

だが、拝川の言葉は核心をついていて、和斗はすぐに否定できなかった。

「だから、あの時だって小宮さんに何も言い返せなかった。俺が最初に距離を置こうって言い出した時だって……あんなにすぐ納得して、本当はホッとしたんじゃないのか」

「そんなこと、思ってねぇよ。納得だってしてない」

だが、小宮を突っぱねることができなかった現状に、そのほうが良いのではと感じたのは事実だ。

「それに、お前がそんなこと言い出さなきゃ、俺はいいなんて言わなかった」

「ああ。……そうだな」

和斗の言葉に、拝川はそろりと目を逸らす。

「……こんなことを言うのは今更だし、ずるいことなんだろうけど……あの時俺は、多分もうちょっと、お前に悩んで欲しかったんだと思う」

「は？　どういう意味だ。そんなこと、何で今更――」

「だから、今更だって言ってる。俺はあの時まで、お前が男同士ってこと、あまり気にしてないと思ってたんだ。人前で手を繋いだ時だって、平気そうに見えたしな。だけどそれって……本当は気にしてないんじゃなくて、何も考えてなかっただけなんだよな」

拝川は淡々とした、どこか諦めたような口調だった。

「……それこそ、小宮さんとのことがなければ、お前自身、そのことに気づかなかったんじゃないのか」

拝川の言うことは、いちいち当たっていて、和斗は何も言い返すことができない。自分たちがどう見えるかなんて、あまり深く考えていなかったし、だからこそあの時、小宮に何も言い返せなかった。

だから、今更でも何でも、拝川があの時の自分を責めるのは、仕方のないことなのだろう。自分のことで精一杯で、拝川の気持ちに気づくこともできなかった。

「……悪かった」

ややあって、和斗はぼそりと謝罪を口にした。

自分たちの関係を否定するつもりはなかったし、ましてや拝川を傷つけるつもりもなかった。だが、それこそ今更なのかもしれない――。

「別に、お前を責めてるわけじゃない」

拝川はうっすら笑みを浮かべると、気にしていないと首を振った。

——そんなわけ、ねぇだろ。

和斗は目を伏せる。拝川の性格上、気にしていないのなら、ああして口にすることもなかったはずだ。

「……ただな。そういうお前の気持ちを考えれば、小宮さんが目を光らせてるうちは、できるだけ、お互い関わらずにいたほうがいいんじゃないかと思う」

「待ってくれよ。確かに俺は考えなしだったし、それでお前を傷つけちまったんだろうけど……別にお前のこと嫌だとか、そういうんじゃない。会社ならともかく、ここでこうやって会うことに、小宮は関係ないじゃないか」

拝川が及び腰の自分を気にしているのはわかる。だけどやっぱり、それとこれは別だと思った。

「関係ないって言いながら、お前はここのところずっと、小宮さんのこと気にしてる。写真のこともな。うまくかわしたり、嘘つくこともできないなら……会社でだけなんて言わず、少しの間、離れてみたほうがいいんじゃないかと思ったんだ」

「そんなの……」

やっぱりわからない。自分が不器用なのは認めるが、どうしてそこまで徹底しなければならないのだろう。

だが、拝川は引く気はないようで、それ以上、何も言わず黙ってしまう。

——なんだよ……。

それだけ、和斗を信用していないということか。実際、自分の態度が拝川を不安にさせ、そういう考えにさせてしまったわけで、それはもうどうしようもないのかもしれない。

「大体、いつまで離れてりゃいいんだよ」

「しばらくだ。多分、そんなに長くはかからない」

「何でそんなことがわかるんだよ！」

無責任な言葉に、和斗はくしゃりと顔を歪める。

馬鹿正直に、小宮の気まぐれに付き合うようなものだ。終わりがいつかなんて、拝川にも誰にもわからない。

「いつになるかわからないってのに、のんきに待ってられるか。……今までみたいに会えなくなるんだぞ。お前は平気なのかよ」

俯き、和斗はぎゅっと拳を握り締める。

「俺は平気だ。待ってるよ。自分からお前を諦めるつもり、ないからな。だけど、お前にそれを求めるのは無理かもしれない。だからせめて、俺との関係を、本当はどうしたいと思ってるのか……会わない間、一度ゆっくり考えてみてくれないか」

「そんなの、考えなくたって」

どうしたいかなんて、はっきりしている。今、及び腰になっているのは事実だが、何も拝川に対する気持ちまで見失っているわけじゃない。

「お前が好きだって、そう言っただろ……」

俯いたまま、ぼそぼそと訴える。

嘘のない言葉だったが、今は伝わる気がしない。自信もなかった。実際、拝川もまた、黙ったままで、何も答えようとしない。

——なんで……。

通じ合わない会話が歯がゆく、どうしたらいいのかわからない。和斗はなかなか顔をあげることができなかった。

ふと、じわりと目に涙が浮かんできた。

胸の内をせりあがってくるものがあって、堪えようがなく、ぶるぶると体が震える。気づけば、膝にぽたぽたと涙が零れ落ちていた。

——ああ、くそ……。

泣いたってどうしようもないのに、何で、涙なんかが出るのだろう。

悔しくて、悲しかった。そしてひどく情けない——感情はぐるぐる渦巻いて、和斗の心をぐちゃぐちゃにかき乱す。

不意に、拝川の手が頭に触れた。

数回、よしよしと、あやすように撫で、離れていく。ほんの一瞬のことだったが、その優しげな仕草に、和斗はどうにも我慢できなくなって、嗚咽《おえつ》をこぼした。

拝川の前で、俯いたままぐずぐずと泣き続け、いったいどのぐらいの間、そうしていたのか——。

帰る、とかすれ声で呟き、和斗はおもむろに立ち上がった。

「……悪かったな」

シューズに足を突っ込みながら、謝罪を口にする。こんな時間に来たこと、今までの自分の態度について、そしてゴネて泣いたこと——そのすべてに向けての言葉だ。

拝川は「そうか」と言っただけで、引き止めたりはしなかった。当然だろう。

二階の自室に戻った和斗は、のろのろとベッドに上がった。横になり、ぼんやりと天井の明かりを見つめる。

派手に泣いたからだろう。頭がズキズキと痛む。

和斗はパジャマにも着替えず、そのまま布団の中にごそごそと潜り込んだ。

——なんで、こんなことになったんだっけ。

今日はただ、拝川に会って小宮の愚痴を言いたいと、そんなふうに思っていただけだ。それがどうして、プライベートも会わないなどという話になったのか。

「……くそ」

自分の態度が、拝川を傷つけていたことに、思いのほかショックを受けている。

——俺が、もっとシャキっとしてたら良かったんだろうな……。

そう思っても、もう今更だ。わかっていたが、会いたいときに会えないなんて、どうしても納得できなかった。なぜ、拝川が平気なのかがわからない。

疲れを感じ、目を閉じる。疲れていて眠いはずなのに、いつまでも心がざわついて、和斗はなかなか寝付くことができなかった。

三月半ばになり、詰めていた現場がどうにか無事、竣工を迎えた。翌日、休養日が与えられ、和斗は部屋にこもっていた。しばらく休みなしだったこともあり、ただひたすらごろごろして過ごす。

拝川と会わないようになって、気がつけば半月近く経っている。

仕事の忙しさで自分を誤魔化してはいたが、拝川と会えないことに、もうずっと、強い理不尽を感じていた。

たまに拝川が篠置を訪ねてきたりして、そんな時も、お互い挨拶ぐらいで、ろくに目も合わせない。

そんな中、小宮に絡まれたりすると、本当にダメージが大きかった。一体、誰のせいでこんなことになっているのかと思うと、怒りでどうにかなりそうになる。

拝川はそのうち飽きるなんて言っていたけれど、半月経つ今も、状況は何も変わっていなかった。こんなこと、いつまで続けたらいいのだろうか。

もういい加減、和斗は耐え切れなくなってきていた。悩むなら、拝川のことだけで悩みたい。自分の態度が拝川を不安にさせたというのなら、ちゃんと向き合って、それを解消させたかった。なのに今は小宮に引っ掻き回されて、それができない状況だ。

——もう、いっそのこと全部はっきりさせちまうか。

ふと、そんな思いが過ぎる。

そもそも、自分の及び腰が小宮を調子付かせたのだ。非難したり、写真をちらつかせることに効果があると小宮にわからせてしまったし、拝川を傷つけてもしまった。

今感じている苦痛と、全部ぶちまけた後への不安、一体どちらがマシだろう。

どちらがどうとは言えなかったが、自分たちの間に小宮という存在が介在しなくなる分、後者のほうがよほど納得できるような気がした。

——だったら……小宮の手札なんか、全部つぶしてしまえばいい。

現状が変わらないなら、自分で変えるしかない。自分だけでなく、拝川のためにも、どうにかしたかった。

その翌日、和斗は新しい現場に入った。

朝から黙々と作業を進めていたが、夕方になって、ぽつぽつと雨が降りはじめた。作業はそこで中断となり、その日は五時過ぎに解散となった。

早めに仕事が終わったからか、篠置から飲みに誘われる。少し悩んだが、和斗は断って、会社に戻ることにした。

仕事の用というわけではなく、この降って湧いたようなタイミングに、昨晩、眠る前に考えていたことを、実行に移そうと考えていた。

――小宮と、話をつける。

本当にそんなことができるのか、自分でもわからなかったが、それでももういい加減、こんな状況から解放されたかった。

待てないのは、辛抱が足りないからだと言われても構わない。拝川に会いたい。話がしたかった。

会社に到着したのは、ちょうど定時の五時半だ。事務所に入ると、受付はすでに暗く、無人となっていた。

社内を覗くと、席に座る小宮の姿が見えた。向かいの拝川は、今は外回りに出かけている最中なのか、不在だった。拝川がいたら、小宮に関わるのを良しとはしないだろうし、出かけていてくれて良かったと思う。

和斗はいそいそと営業部に足を向ける。躊躇《ちゅうちょ》などしていたら、その間に小宮が帰ってしまうかもしれないからだ。

「あの、小宮さん」

呼びかけに、小宮が顔を上げる。まさか和斗だと思わなかったのか、驚いたように目を瞠《みは》った。

「忙しいところすみません。……ちょっと話があるんで、時間とってもらえないですか」

「……いきなり何言ってんだ、お前。見りゃわかるだろ。暇じゃないんだ、こっちは」

小宮はじろりとこちらを睨む。机の上に見積書らしきものがあるので、確かに、仕事は仕事のようだ。

「お願いです……そんなに時間は取らせませんから」

下手に出る和斗に、最初むすりとしていた小宮も、そのうちに「ふうん」と体を起こし立ち上がった。

「いいぜ。ちょっとの時間なら、話聞いてやってもさ。今日はもうちょっと残業してもいいと思ってたし」

「ありがとうございます」

和斗は大げさに頭を下げた。ゴネられたら、もう連れ出すことは難しいと思っていたから、ホッとした。

事務所のドアを開け、廊下に出ると、小宮は和斗の先を歩き始めた。

「さすがに休憩所ってわけにもいかないし……そこ、使わせてもらうか」

そう言って会議室の扉を開ける。確かにその通りだったので、和斗は黙って後に続いた。

小宮は椅子を引いて、ひとり腰を下ろす。時間を取らせないと言った手前もあり、和斗は座らず、そっと小宮の斜め後ろに立った。

「それで、話って？」

「あ……はい」

頷いた和斗は一度、軽く息を吐く。

なるべく、この男のペースに持ち込まれないよう、気持ちを落ち着けなければならない。

「前に見せてくれた写真のことなんですが……その、俺と拝川がっていう……正月のやつです。あれ、削除してもらうことできませんか」

和斗は前置きするでもなく、唐突に要求を訴えた。

「……は？」

小宮はわかりやすく、ポカンとした顔を見せる。一瞬後、くい、と片頬を吊り上げ、皮肉げに笑う。

「いやいやいや……なんでそれ、ＯＫしないといけないんだ？　こっちにメリットもないじゃないか」

「けど……小宮さんのやってることって犯罪みたいなもんでしょう。そういうの、もうやめて欲しいんです」

そんな言葉で小宮が了承するはずもなかったが、それがいかに卑劣な行為であるか、どうしても一言、言っておきたかった。

「は……はは、わざわざ真正直にそんなこと言ってきて、なんなんだよお前」

案の定、小宮はそれを気にも留めなかった。

「いいのか、勝手にそんなことぶっちゃけて。拝川はどんだけ揺さぶっても、のらりくらり、絶対に認めなかったのに。あいつの苦労が、水の泡だな」

挙句、そんな耳に痛い言葉をぶつけてくる。和斗は無意識に目を伏せた。

拝川は黙っていれば事は収まると思っていて、和斗にはもう関わり合いになって欲しくないと思っている。

──だけど、俺は……。

「大体なあ、俺がこんな美味しいカード、そう簡単に手放すわけないだろうが。お前はさっき犯罪って言ったけど、出るとこ出られないのは、お前らのほうだろ。訴えられるもんなら、訴えてみろよ」

嘲笑混じりの言葉に、和斗はぐっと拳を握り締めた。都合の良いように、問題をすり替えている。

「じゃあ……もういいです。バラすんでもなんでも、好きにしてください」

小宮を睨みすえ、和斗はぼそりと呟く。

別にカッとなってそう言ったわけではなく、和斗は冷静だった。

素直に写真を手放してくれるのが一番良かったが、どうせそうなるわけはないと思っていた。和斗の目的はただ、小宮の手札を意味のないものにすることだ。思えば、最初に写真をつきつけられたあの時、もっと堂々と対応していたら、こんな風につけ込まれることもなかったのだ。

「おいおい、一体何だっていうんだ？　そんなことされて困るの、お前らのほうだろうが」

「あんたにネチネチ絡まれるより、そっちのほうがマシだと思ったんです」

本音だった。そして、本気だ。

「格好つけんなよ。皆から後ろ指指されてもいいっていうのか？　そうまでして、拝川がいいって言うのか。はは、お前、本気で気持ち悪いな。一体、あいつの何がいいってわけ？　やっぱ顔か？　それとも大学の肩書き？　ったく、男の癖に、頭の中はその辺のＯＬと変わらないってことかよ」

暴言を矢継ぎ早にまくし立てられ、和斗は眉を顰《ひそ》める。小宮はどうにかして、和斗を追い込みたいのだ。

はらだ
「カラーレシピ」
本誌初登場!!
巻頭カラー新連載❤
超人気作品続篇!!
美容師業界を舞台におくる、執着愛。
一年以上が過ぎて、
福介《ふくすけ》と笑吉《しょうきち》の関係は……?
カラーつき新連載❤
十二《じゅうに》支憑《しつ》きの正隆《まさたか》と、猫憑きの胡太郎《こたろう》のラブロマンス❤
本誌初登場!!
待緒イサミ
『十二支《えと》色恋草子』
シア♡コミックスの大人気作品が登場!
カラーつき新連載❤
糸目の糸永《いとなが》くんの赤い糸の先にいたのは……?
奥田《おくだ》式、再会ラブ❤
奥田 枠
『糸永《いとなが》くんの恋の糸』
青山十三
阿部あかね
金井 桂
志水ゆき
須坂紫那
栖山トリ子
瀬戸うみこ
宝井理人
二宮悦巳
端丘
間宮法子
未散ソノオ
リレーエッセイ
「モエパラ☆」端丘
毎年恒例3号連続特集企画❤
第1弾のテーマは…
「ドS」特集
立野真琴
カラーつき「ドS」読み切り❤
好きになるほど強く、愛を確かめたくなる——。
特集カラーイラスト
ひなこ/楔 ケ
特集コミック&ショート
扇ゆずは/Di
並榎 雫 ほか
アンケート集計結果
大発表など企画満載❤
(カット:猫野まりこ)
※イラストは仮のものです。
Dear+
ディアプラス
2017
10
表紙イラスト 宝井理人
9.14 [Thu.] on sale
毎月14日発売/予価:本体650円+税 ※予告は一部変更になることがあります。
DEAR+ Paper Collection
希望者はもれなくもらえる❤全プレペーパー ▶ はらだ
SHINSHOKAN
http://www.shinshokan.com/comic/
ディアプラス編集部ツイッターアカウント
@dear_plus_

ディアプラス・コミックス 3ヶ月連続
デビュー・コミックスフェア！
詳しくはコミックスの帯をみてね！
描き下ろし小冊子応募者全員サービスあり♥
10/2 発売
日《ひ》ノ《の》原《はら》 巡《めぐる》
「シークレット×××」
予価：本体650円＋税
11/1 発売
林《はやし》らいす
「兄は元彼」
予価：本体650円＋税
12/1 発売
奥《おく》田《だ》 枠《わく》
「ノーカラーベイビー」
予価：本体630円＋税
ディアプラス20周年記念インモーションアニメ作品DVD
「6 LOVERS」
【仕様】DVD 【収録時間】約22分
【価格】予価：本体3,600円＋税
【初回特典】DVDアザージャケット6枚セット
収録作品
●「恋愛ルビの正しいふりかた・番外篇」原作：おげれつたなか 【CAST】夏生：増田俊樹、ヒロ：新垣樽助ほか
●「クロネコ彼氏 ～クロネコ彼氏のみっつのひみつ♥～」原作：左京亜也 【CAST】真悟：石川賢利、賀神：森川智之
●「是―ZE― ～散華の誓い～」原作：志水ゆき 【CAST】氷見：平川大輔、玄間：三宅健太
●「テンカウント ～黒瀬くんと城谷さんとアンドロイド～」原作：宝井理人 【CAST】城谷：立花慎之介、黒瀬：前野智昭
●「飴色パラドックス ～㊙テープ～」原作：夏目イサク 【CAST】尾上：小林裕介、蕪木：寺島惇太ほか
●「生徒会長に忠告 ～生徒会長たちの日常～」原作：門地かおり 【CAST】国斉：鳥海浩輔、知賀：杉田智和ほか
STAFF 監督：木村 寛／音響監督：蜂谷 幸／音響制作：叶音／制作協力：Softgarage／製作・発売：新書館
2017年秋頃発売予定
※制作上の都合により発売が延期となりました。
予約受付中▶クラブメール
www.clubmail.jp
大好評発売中
四六判 定価：本体1300円＋税
カバーイラスト：竹《たけ》美《み》家《や》らら
デビュー10周年を記念したスペシャルファンブック！
一《いち》穂《ほ》ミチファンブック
long hello
四六判 定価：本体1300円＋税
傑作「イエスかノーか半分か」総集篇♡
一《いち》穂《ほ》ミチ
大好評発売中
OFF AIR
イエスかノーか半分か

――その手には乗るもんか。

あの時、きちんと言い返せなかったから、こんなことになったのだから、和斗は絶対、気持ちで負けるわけにはいかなかった。

「小宮さんこそ、なんでそんなに俺たちのこと、気にするんですか。関係ないじゃないですか」

「……関係ない？」

何が引っかかったのか、小宮が不意に立ち上がった。ずいと顔を寄せ、和斗の顔を覗き込んでくる。

「同じ職場にさ、男好きのお前らがいるってだけで、こっちは反吐が出そうに気持ち悪いんだよ。それが、関係ないって？　拝川の奴も、ただの変態野郎のくせに、いっつも澄《す》ました顔しやがってよ。お前も一緒だ。まとめてここから追い出してやりたいね」

血走った眼差しがこちらを見ている。妙な迫力に押され、和斗は後じさりした。

「そんなこと、あんたにできるわけないだろ」

どうにかその場に踏み止まり、和斗は小宮をキッと睨みつけた。もう、敬語など頭から掻き消えていた。

「お前、俺がただ適当に喚いてるだけだと思ってるだろ」

小宮はフッと顔つきを和らげ、軽く背筋を伸ばして屈めていた体勢を元に戻す。

「別にわざわざ言うことでもないけど、俺の親父って、整備局の建政部長やってるんだよ。で、うちの会社の受注の三割近くは、整備局のものだ。……なあ。いくらお前が馬鹿でも、それがどういうことかぐらいは、わかるだろう?」

つまり、遊木造園よりも力関係が上となる会社に、強力なパイプがあると言いたいらしい。

「……それが、どうしたっていうんだよ」

だが和斗は、特に驚きはしなかった。むしろ、勿体ぶって口にしたそれがただのコネの話で、拍子抜けしてしまったほどだ。

嘘か本当か知らないが、仮に小宮にそういう父親がいたとして、国の要職にある男が、三十過ぎの息子の言うことを真に受け、他所の企業に口を出してきたりするものだろうか。小宮も小宮だ。いくら父親だからといって、所詮は他人の威光を笠に着ているだけなのに、どうしてそんな偉そうにしていられるのか、不思議だった。

だが、重役も真っ青の小宮の勤務態度は、普通ならば到底許されるものではなかったから、ある程度影響を受けてはいるのかもしれない。

ひいてはそれが、拝川の仕事を逼迫させている。そういう図式だ。とんだとばっちりだった。

——こんな奴のせいで、拝川も俺も……。

和斗の中に、ふつふつと怒りがこみ上げてくる。こんな人の気持ちもわからないような、無能な男に、これ以上振り回されたくなどなかった。

「……なあ。聞きたいんだけど……」

和斗は一呼吸置き、真っ直ぐ小宮を見つめた。

「あんたには、仕事に対するプライドってものがないのか？　なんでもかんでも拝川に押し付けてさ。なのにそれを理解もせずに僻《ひが》んでる。気持ち悪い気持ち悪いって言うけど、本当は、出来の良いあいつのこと妬んでるだけじゃねえの」

そして、仕事で拝川を見返すのではなく、気に食わないと言ってごねて父親に言いつける——まるで子供だった。

「……誰が妬んでるだって？」

呻くように呟き、ふと、小宮の顔つきが険しくなった。

「だってそうじゃないか。拝川の顔や学歴にこだわってるのは、あんただって一緒だ。ようは拝川にすごいコンプレックス感じてるってことだろ！」

「……お前……」

瞬間、小宮は大きく目を見開いた。ぶるぶる体を震わせたかと思うと、いきなり両手でガバッと和斗の首を摑んできた。

「……っ」

容赦のない締め付けに、和斗はぐ、と喉を鳴らす。

「おい」

低く押し殺したような声——目が据わり、半開きの唇は引きつっていた。

「拝川のことなんか、気にしたこともない。ただ、周りにちやほやされて調子に乗ってるから俺ぐらいは諫めてやらないとなって……そう思ってるだけなんだよ！」

吼えるように喚いて、小宮はハアハアと荒い息をついた。

「ちょ……、くるし……」

和斗はじたばたともがき、小宮の腕を激しく叩く。――と、首に掛かる手の力が緩まった。

だが、小宮の手は首から離れず、和斗は本能的な恐怖に顔を青ざめさせる。

しばらく睨み合いのような形になっていたが、そのうちに小宮の表情からフッと強張りが消えた。

「……ふうん」

そんな呟きと共に、首を締め付けていた手が離れる。一瞬後、かわりに和斗の顎先をくい、と持ち上げるようにした。

顔を近づけ、まじまじと和斗の顔を眺めている。

「……最初、なんで拝川がお前みたいなのに構うのか、不思議だったんだよな。けど、よく見ればお前、結構かわいい顔してるよな。体も華奢で小さいし……」

そう言って、小宮はおもむろに、和斗の頬をそろりと撫であげた。

「……っ」

触れられた瞬間、背筋がぞわっとそそけ立った。和斗は咄嗟に手を突っ張って、小宮を突き飛ばした。

反動で自分の体も後ろに下がった。背中に壁が当たり、和斗はその体勢のまま、正面の小宮を睨みつけた。

小宮はまたニヤニヤしている。目が据わっている分、普段よりも格段に不気味さが増していた。

「なあ。もしもお前に手を出したら、拝川、いったいどんな顔するんだろうな?」

小宮はぺろりと舌舐めずりすると、なんともいえない粘ついた視線を向けてきた。

「ふ……ふざけんな。そんなこと、できるわけないだろ」

「お前は自分の立場ってものがわかってないなあ」

腕を伸ばされ、和斗は慌てて体を竦《すく》める。逃げようにも、背後に控える壁に阻まれ、ろくに身動きが取れなかった。肩で小宮を押し返そうとするが、思ったほどダメージを与えられず、逆に体を抱きこまれた。

小宮は和斗の腕を後ろにねじりあげ、くるりと体を回転させる。そうして片足で和斗の股を割り、体で背中を押さえ込むようにして、和斗を壁に押し付けた。

「おい、何する気だよ!」

背後を振り仰ぎ、和斗はじたばたと必死にもがく。だが、全体重で壁に縫いとめられていて、動こうにも動けない。

「あんまり暴れるなって」

そんな囁きと共に、ハア、と生暖かい息が、耳元に吹き付けられる。ひ、と叫んで、和斗は体を竦ませた。

「やめろよ、気持ち悪いっ」

「……とかって、拝川にはこういうこと、させてるんだろ?」

「あ……あいつはあんたとは違う」

耳元にかかる息、背中や腰に密着する小宮の体の熱が、気持ち悪くてたまらない。和斗は必死に体を揺すり、小宮から逃れようとした。

「そういう、あいつだけがトクベツー、みたいなこと言う奴、本気でむかつくんだよな。胸糞悪い」

語気を荒くし、小宮は突然、和斗の首の後ろを摑んで、ガン、と壁に向かって顔をたたきつけた。

「……っ」

強《したた》かに額と鼻を打ちつけ、一瞬、目の中に星が飛ぶ。

小宮は不意をつくようにして、和斗を突き飛ばし、床に転がった和斗の上に馬乗りになってきた。

「やめろよ!」

喚き、両手で小宮の腕を離そうとするが、乱暴に振り払われた。小宮は荒々しい手つきで作業着の裾をズボンから引っ張りだし、中のシャツごと胸元まで大きくたくし上げる。

「……っ、う」

わき腹に小宮の指が触れた瞬間、ぶわっと鳥肌がたった。

「い……嫌だ」

背筋がそそけだって、体がガチガチに強張る。

拝川の時は、こんなふうに感じなかったのに、触れているのが小宮かと思うと、指先も吐く息も、何もかもが気持ち悪くてたまらなかった。

——いやだ、いやだ……。

恐怖のあまり、頭の中がぐるぐるしてくる。

——拝川……拝川！

心の中で、必死に助けを求める。

「何が、拝川だよ！」

呼び続けるうち、声が漏れ出てしまったのか、ふと小宮が憎々しげに吐き捨てた。

「……残念だったなぁ。あいつは今、外回り中だ。お前のこと助けになんか来れないぜ」

小宮は嘲笑を浮かべながら、今度は和斗のズボンに手をかける。

「……っ」

ゾッとして、和斗は大きく体を捩った。だがすぐに強い力で押し戻され、無理やりズボンを引き摺り下ろされる。

絶望的な気持ちで、和斗はその様を見つめた。——と、その時、

「——鈴見！」

鋭い声が響き、会議室の扉がバン、と開いた。

「鈴見っ」

目の端に、拝川が、血相を変えて飛び込んでくるのが見えた。

一瞬後、何か鈍い音がして、体がフッと軽くなる。

床に転がったまま、和斗はぼんやりと拝川が小宮を殴り飛ばすのを見ていた。

「鈴見、大丈夫か」

体を抱き起こされ、拝川が顔を覗き込んでくる。

「……拝川……」

和斗は呆然と、目の前の拝川を見つめる。そのうちに、じわじわと感情が戻って来て、くしゃりと顔を歪ませる。そうして、すがりつくようにして、拝川の腕をきつく摑んだ。拝川は、和斗の体を胸元深くに抱き込む。安堵して、和斗はその胸元に頬をすりつけた。

——パシャ。

突然響いた、カメラのシャッター音に、拝川がハッと顔を上げる。

「へへ、まーた、証拠写真が増えたな」

床にへたり込んだ状態で、小宮が携帯を構えていた。性懲りもなく、また自分たちの姿を写真に納めたのだ。

拝川は黙ったまま、和斗を壁にもたれさせる。乱れていた着衣を器用に整え、くるりと小宮のほうに向き直った。

「……それ、今すぐ消してください」

拝川は小宮が手にした携帯を指差す。

だが小宮は黙ったまま、わざとゆっくりとした動作で、携帯を胸元に片付けてしまう。

不意に体を屈め、拝川はいきなり小宮の胸倉を掴みあげた。そのまま、容赦なく頬を殴りつける。

――え……。

和斗はあっけに取られてその様子を眺めた。だが、拝川がさらにもう一発、殴ろうとしていることに気づいて、慌てて拝川を呼んだ。

「お……おい、拝川、やめろ」

もつれる足で近づき、拝川の腕を掴むと、厳しい視線がこちらを向いた。相当、怒っている。

「お……落ちつけよ。怪我させちまったら、お前のほうがまずいことになっちまうだろ」

「落ち着けだと？　お前は俺が今、どんな気持ちなのか、わかってるのか？」

低く、押し殺したような声だ。拝川の怒り、苛立ちが強く伝わってくる。

――……俺のせいだ。

拝川のこの怒りは、和斗がこんなことになっているからだ。鈍い和斗にも、それだけはわかった。

静観して待つ――小宮のことは、そう決めていたのに、こんなことをしでかしたのだから、拝川の怒りは当然だ。情けないやら申し訳ないやらで、和斗はしゅんと肩を落とす。

「……ごめん」

小さく呟き、和斗は目を伏せた。今更だったが、言わずにはいられなかった。

「……」

しばらくこちらを見つめていた拝川は、軽く息をついて、小宮に視線を戻した。

片手で小宮の胸元から携帯を引っ張り出し、操作を繰り返す――先ほどの写真や正月の写真などを、削除しているようだった。

バーカ、と小宮が嘲笑うような声をあげる。

「コピー、残してるに決まってるだろ!」

拝川は一瞥し、また小宮の携帯に視線を戻した。

「……だったら、それも消すまでです。もちろん、それが無理でばら撒かれたって、俺は気にしませんけどね。言い逃れなんて、いくらだってできる」

淡々とした言葉だったが、ついさっき、和斗が小宮に向かって訴えた言葉よりも、もっとずっと真実味があった。

「拝川、お前覚えとけよ……。俺にこんなことして、ただで済むと思ってるのか」

小宮は憎悪むき出しの表情で、拝川を睨みつけている。和斗ははらはらとその様子を見ていたが、拝川は気にした風もなく、ただ冷ややかな視線を向けていた。――と、突然、その体をパイプ椅子へと放り出した。勢いでバランスを崩し、小宮は椅子から転がり落ちる。

「ふざけんなよ、拝川ァ！」

すんでのところで踏ん張って、拝川に向かって吼えている。だが、拝川は無表情にその無様な姿を見下ろすだけだ。

「ふざけてなんかいませんよ。……鈴見に何かあったら、俺は絶対にあんたを許しませんから」

「お前が俺を？　笑わせるな。お前に何ができるってんだ。その前に俺がどうにかしてお前をクビに追い込んでやる！」

「どうですかね。そんなこと、あなたには無理なんじゃないかと思うんですが」

「あぁ？　何言って……」

拝川は小宮を無視し、おもむろに胸元からＵＳＢメモリを取り出し、机の上に置いた。

「――ここ半年の間に竣工した、いくつかの物件の図面と見積書のデータが入っています」

いきなり、がらりと話題が変わって、小宮は怪訝そうな顔つきになる。和斗も驚き、拝川を窺った。

「それが何だっていうんだよ」

「先日、とある施主さんから、打ち合わせ資料と違う資材が納入されているという連絡を受けました。小宮さんが担当された物件です」

「それが何だ。廃番品ならよくある話だろ？　それにしたって、現場が報告怠《おこた》ってるか、設計が間違えてたかのどっちかで、俺のせいじゃない」

「もちろん、それひとつだけなら、連絡の行き違いかなと思ったんですが、いろいろ調べてみたら、他の現場でもいくつか、不自然な納入があることがわかってきたんです。廃番品でもないのに、グレードダウンした製品に差し替えられていたり……気になったので、現場サイドにも、いろいろ話を聞いて回りました」

——ああ、それで。

最近、篠置を訪ねて来たりと、ちょくちょく現場に顔を出していたのは、そういう理由もあったようだ。

「あのなあ、在庫切れで急遽別製品にしたってこともあるだろう。そんな終わった物件、ちまちま調べてないで、新規物件のひとつでも取って来いよ」

余裕ぶって文句を言っているが、小宮は顔をひきつらせている。

話の内容は、和斗にも充分わかるものだ。施工が始まってから、予定していた製品が廃番になって手に入らなくなっていたり、欠品だったりして、急遽別の製品で対応することはままあることだったからだ。だが、それを施主が聞いていない、設計者も把握していないとなると、現場の独断という扱いになるわけだが、そういったことは、後々トラブルになりやすいので、篠置などは絶対、一度設計や営業まで話を戻すようにしている。

「篠置さん、一度小宮さんに伝達してるって言ってましたよ。なので、やっぱりおかしいなという話になって」

「か……仮にそういうことがあったとしても、話を大きくせずに、内々に施主に話付けに行くのが、お前の仕事だろうが！」

小宮は先ほどから、責任転嫁ばかりしている。少なくとも、一年目の拝川よりよほど責任も立場もあるはずなのに、とてもそんな気はなさそうだ。今更ながら、本当に拝川のことが気の毒に思えてくる。

「それと、経理のほうにも入金、請求の額を確認させてもらいました。こちらは、差がほぼないんですが、納入品とは違う名前で請求されてますね。つまり、図面通りってことですけど。……小宮さん、単刀直入に聞きますけど、個人的にメーカーから、差額引っ張ってきてませんか」

「——は？」

大声になって、顔色も変わり、小宮は明らかに動揺している。

「そんなの、俺が知るわけないだろ！」

「ちゃんと話してもらえませんか。その辺のことは、メーカーの担当締め上げればすぐわかります」

「お前、何様なんだよ！　さっきから聞いてれば、何の権限があって、そんなこと調べてるんだ。何が、話してもらえませんか、だ！　お前に関係ないだろうが」

「関係ありますよ。小宮さんの不正は、営業部全体の信用に関わる大きな問題です」

「不正してるのは、俺じゃない。メーカーの連中が、言い寄ってくるから、合わせてやってたんだよ。だから俺は関係ないんだ」

またしても責任転嫁だ。しかし、小宮はもう不正を認めたも同然だった。

「そんな話、上に通りますかね……」

拝川はそっけなく呟き、呆れたように首を振った。

「おーい、時間だ。入るぞ」

その時、急にドンドンドン、と荒々しく扉をノックされた。拝川がハッと入り口を振り返る。

はい、と拝川が応じたと同時に、扉が開いた。

会議室にぞろぞろと五人ほどの社員が入ってくる。見れば皆、営業部の人間で、最後に、営業部長も顔を見せた。

部長は小宮のほうを見て、よし、というふうに頷いた。

「会議を始めよう」

突然のことに、和斗はぽかんと立ち尽くしていた。

何も知らされていなかったのか、小宮もまた、呆然としている。さっきまでの勢いもどこへやら、一言も発せられないようだった。

「鈴見。……悪いけど、これから臨時の営業会議だ」

拝川の言葉に、和斗はハッとする。周囲は全て営業部の人間で、皆、工事部の人間が何故ここに、といった訝しげな顔つきだ。

「あ……そうだな、うん」

小宮の問題がどうなるのか気になったが、さすがに部外者の自分がこの場に残るわけにはいかない。

むしろ、水を向けてもらえたことで、立ち去るタイミングが摑めて良かったぐらいだ。和斗は軽く会釈すると、あたふたと会議室を後にした。

扉を閉める直前、ほんの一瞬、こちらを見る拝川と目が合った。

瞳がフッと細められ、柔らかな表情を向けられた。

――あ……。

久しぶりに、気持ちがスッと通じ合ったような気がする。

だからだろうか。落ち着かず、ざわついていた心も、ちょっとずつ穏やかさを取り戻してきていた。

——けど、ちょっと疲れた……。

事務所内に戻った和斗は、自分の席に座ると、机の上に顔を伏せた。

それにしても、臨時会議とやらがあったおかげで、命拾いしたなと思う。そうでなければ拝川だって、もっと戻りが遅かったかもしれない。

どういう経緯で、拝川が会議室にいる自分たちに気づいたのかはわからないが、とにかく本当に助かった。

小宮のねばついた視線や吐息、触れられた瞬間の気持ちの悪さを思い出し、和斗はぶるっと体を震わせた。

——あいつ、どうなるんだろう。

小宮は呆然としていた。

ああやって皆で小宮を取り囲んで会議を行うわけだから、いくらなんでもお咎めなし、というわけにはいかなさそうだが、これまでずっと看過され続けてきた問題だけに、どうなるかはわからない。

部署の違う自分が口を出すことではないが、できれば、それなりの処罰を受けて欲しい。

拝川が調べまわって摑んだ不正だ。それが水の泡になるようなことにはなって欲しくなかった。

会議は一時間半ほどで終了したようだ。営業の社員がひとり、またひとりと事務所に戻ってきていたから、そうとわかった。

途中、顔色を失った小宮が、部長に付き添われるようにして出てきた。

その様子を見る限り、もしかしたらそれなりの責任を追及されたのではないかと思う。そうであって欲しいと思った。

すれ違う瞬間、小宮はこちらのほうなど見てもいなかった。もう、和斗どころではないのだろう。

一番最後に、拝川が戻って来た。

「お疲れ」

「まだ帰ってなかったのか」

立ち上がって声をかけると、拝川は側に駆け寄ってきた。

「あの……さっきは、本当にごめん」

いろいろ聞きたいこと、言いたいことがあったけれど、和斗はまずその場でガバッと頭を下げた。

さっき、拝川は本気で怒っていた。小宮を殴りつけていた。それは、普段の拝川を思えばよほどのことだ。そのぐらいのことを、自分はしたのだと思う。

「……大体、なんで小宮さんを呼び出したりなんかしたんだ」

渋い声に顔を上げれば、拝川は呆れたような顔つきだった。

「なんでって……」

和斗はしゅん、と肩を落とす。和斗なりに、意志を持って動いたわけだが、結局、自らトラブルに首を突っ込んだようなものだ。拝川に呆れられても、どうしようもない。

「しばらく、そっとしとこうって言ったじゃないか。お前だって、うまくやり過ごせないって言ってた。そりゃ、お前が納得してないのはわかってたけど……」

「だけど、何も変わんないうちに、ずるずる半月とか経っちまったじゃないか。それがなんかもう耐えらんなくて……どうにかして、小宮さんと話つけたかったんだ」

ハア、とため息をついて、和斗は両手で顔を覆った。それで、ろくに会話にならず、小宮を怒らせ、襲われかけたのだから、世話がない。ふがいなかったし、情けなかった。

「俺は、肝が冷えた。出先から戻って来てみれば、もうじき予定してた会議が始まるっていうのに、小宮さんがいないって言うし、それで残ってた人間に確認して回ったら、お前が声をかけてるのを見たって人間がいて……。本気で慌てたんだ」

拝川は言葉を切り、大きく息をついた。

「さっきは本当に、頭がどうにかなりそうだった。……間に合って……何もなくて、本当に良かった」

心底、ホッとしたような声に、和斗の胸がきゅっと痛んだ。拝川をそんな気持ちにさせるつもりじゃなかった。

「悪かったよ。……ほんとにごめん」

少し迷って、和斗は手を伸ばし、拝川の手首を掴み、ぎゅっと握り締めた。

その行為に驚いたのか、拝川は大きく目を見開く。

「けど俺、お前とまともに会えないとか、やっぱどうしても嫌で……」

そんなことは、もう今更いいわけでしかない。拝川を真っ直ぐ見つめていたら、ふと、手首に回る和斗の指先を解き、しっかりと手と手を繋ぎ合わせると、そのまま強い力で握り返してきた。

こんな場所で、二人揃って何をしているのだろうと思いながらも、今は自分の意志で拝川に触れられることが、ただただ嬉しい。一体今まで、何を恐れていたのかと思う。

ホッとして、和斗はようやく唇に笑みを浮かべた。

「少しだけ、待っててくれ。すぐ帰る用意するから」

耳元にぼそ、とそんな声が落ち、拝川は名残惜しそうに和斗の手のひらを撫で、席を離れて行った。

小宮の件が社長の元に話が行くのは明日以降で、まだはっきりしたことはわからないが、自主退社扱いで辞めさせる可能性が高いらしい。

製品のすり替え、それによる差額の着服など、会社としては到底看過できない問題だった。

この件を調べ上げたのは、拝川だ。

いくつかの仕事を引き継いだ際、納入品の変更が頻繁なことを不思議に思って、営業部長に断った上で、細かく調べ回ったらしい。それで、現場にもよく顔を見せていた。

拝川とふたり、会社の外に出ると雨は本降りになっていた。

傘を持っていない和斗は、拝川と相合傘状態で歩いている。まだ九時前で、人通りもそれなりにあったが、和斗は気にせず、拝川にぴったり寄り添っていた。

ついさっき、拝川はそんな和斗にちょっと面食らったような顔を見せた。無理しているとでも、思われているのかもしれない――そう思って下側から顔を覗き込むと、目が合った途端、ガシ、と体を引き寄せられた。

歩きながら、拝川は簡単に事の経緯を説明してくれた。

「小宮さんの件は、どう転んだって、三月中には片付く算段が整っていたんだ。俺としてはその件もあって、できるだけお前を小宮さんに関わらせたくなかった。それなのにお前は、向こう見ずというか……単細胞過ぎる」

そして、最後の最後、呆れ顔でそうぼやく。

「だから、悪かったたって……。でも、それならそれで、小宮のこと調べてるって、教えといてくれても良かったじゃん……」

そうすれば、もっとちゃんと待っていられたはずだ。こんなふうに焦れて小宮に特攻をかけたりしなかった。

「それは無理だな。お前は嘘がつけるタイプじゃないし、顔に全部出る。ちょっとカマかけられたら、バレて終わりだったよ」

「お前の不利益になることなのに、言うわけないだろ」

やっぱり、自分は信用がない。和斗はムッとして口を尖らせた。

「俺がどうこうじゃなくて、たとえばお前についてとか、俺たちの関係に絡めて、何か言う場合も考えられた。そうなった時、自信がない——お前が自分で、そう言ったんだ」

それは、小宮からの揺さぶりに対しての話だ。口調からも、責めようとしてそう言っているのではないとわかるが、やはり、蒸し返されるのはつらい。

「俺はお前が嫌な思いをしないよう、近づかなければいいと思った」

「とか言って、俺が弱腰だったたの……ショックだったくせに」

つい、拗ねた口調を返してしまう。

「……そうだな。あの時はつい、本音が漏れた。だからって、別に無理しなくていいんだぞ。俺だって、お前の気持ち、わかってないわけじゃないから」

静かな声に、和斗はバッと顔を上げた。

「無理なんかしてねぇよ！　考えてなかったのも、気にしたのも本当だけど、俺はお前とのこと、そこまで疚《やま》しいなんて思ってない！」

「本当に、無理してないか」

「してない。……俺がそんな器用じゃないってこと、お前が一番、よくわかってるじゃないか……」

真っ直ぐ見つめていると、拝川はふ、と口元を緩めた。

「ああ、そうだった。……悪かった」

言って、拝川は肩にまわした腕に、ぐっと力をこめた。

このことは、もっと面と向かってきちんと話し合うつもりだったのに、結局、一番気にしていた部分だったのだろう、今、言わずにはいられなかった。

こんな雨の中、歩きながらの、言葉のやり取りだけでは、本当にお互いの気持ちが伝わっているのかどうか、曖昧だ。だけど、拝川の微笑み、肩を抱く腕の強さが、すべてを物語っている気がした。

そう思った瞬間、なんだか、泣きそうになる。

和斗は顔を俯け、こみ上げるその感情を、どうにかやり過ごした。泣いている場合ではない。

伝えたい言葉がたくさんあった。

「……俺さ。お前のこと、やっぱり好きだよ」

かわりに、そう口にする。

もう一度、拝川に伝えたかった言葉だ。

前にも、ちゃんと気持ちを伝えてはいる。だけどあの時は、拝川に応えたいという気持ちのほうが強かった気がする。

今はそれ以上に、自分の思いのほうが強い。拝川に会いたいと思うのも、側にいたいと思うのも、何もかも全部、自分がそうしたいからだ。

「お前はまた、何も考えてないって思うのかもしれないけど……」

拝川の静かな眼差しが、少し怖い。一度信頼を失っている分、どうしても不安になる。だけど和斗は目をそらさなかった。

——だって、拝川も俺と同じだ。

だから俺の気持ちがブレると、不安になる——。

「でも俺、お前とつきあっていく覚悟、ちゃんと決めてる。お前とのことで……何か言われたりされたりしたからって、もう逃げるようなことはしたくない。そう思ってるんだ」

「鈴見……」

拝川が足を止めた。一本の傘では、到底この雨を防ぐのは無理で、お互い、スーツや作業着がずぶ濡れになっている。

「お前は俺に無茶をするって言ったけど、そりゃ、無茶もする。前に言っただろ、お前のために何かしたかったって。俺だって、小宮みたいな奴から、お前を守ったりしたいんだよ」

拝川は目を瞬かせると、困ったように視線をうろうろさせ、手で口元を覆った。

「な……なんだよ」

拝川の様子に、和斗は不安に駆られた。何かまた、見当違いのことを言っているのだろうか。

「……まさか、そんなふうに言われるとは思わなかったから……」

「え？」

「案外、恥ずかしいもんだな」

続けられた言葉に、和斗は傘の中、まじまじと拝川を見返す。すると、拝川は、困ったように視線を揺らした。

——あれ……もしかしてこいつ、照れてる……？

基本、微笑んでくれる時以外は鉄仮面といったイメージだったから、その表情はものすごく意外で、新鮮だった。

「鈴見、ありがとう」

「な……なんだよ、急に」

突然、何か変なスイッチでも入ってしまったのだろうか。そんな言い方をされたら、どういう顔をしていいのかわからなくなる。

「言えないことも多くて、そんな中でお前を突き放すみたいになって……もしかしたら、お前が離れて行くこともあるかもしれないと思ってたから――」

「そんなわけないだろ！　なんで俺が小宮なんかのために、お前を諦めないといけないんだ！」

万が一にも、そんなふうに思われたくなくて、和斗は声を荒げる。

「……はは、そうだな。お前はそういう奴だった」

何故だか今度は、急に笑い出した。

「おい。なんだよさっきから！」

「いや。俺はどうやら、いつの間にかお前のこと見くびってたみたいだな」

「……？」

いまひとつ、何を言いたいのかがわからないが、拝川が楽しそうなので、まあいいかと思う。

そうしてずぶ濡れになりながら、ふたり、やけに明るい気持ちで家路についた。


アパートに帰りつき、シャワーを浴びて着替えを済ませた和斗は、一階の拝川の部屋をノックした。

お互い食事がまだだったし、拝川から用意するから部屋に来るよう言われていた。

たかだか半月程度のことだというのに、お互い避けあっていたせいで、ひどく長く感じられた。またこうしてここに戻って来られて良かったと思う。

お互い、胸に抱えていた問題がひとつ、とりあえず片がついたからか、ちょっと浮かれている。和斗はへらへら笑いながら、次々酒を空けていった。

拝川も、こんな風にゆっくりできるのは久しぶりらしく、いつもより酒を飲むペースが速かった。

気がつけば、ベッドに背中を預け、うとうととし始めている。こんな拝川は、ちょっと珍しかった。やはり、これまで本当に忙しかったのに違いない。

そろそろ帰ったほうがいいかと、立ち上がる。

「鈴見……」

すると、妙に頼りない声が聞こえてきた。

「なんだよ。寝てていいぞ。戸締まりしといてやるから」

「……帰るのか？」

寝ぼけたような拝川に、和斗はくすりと笑う。

「いて欲しいなら、もうちょっといてやるけど」

「……じゃあ、こっち来てくれ」

拝川が手を伸ばしてきたので、和斗は笑いながらその手を取った。

すると、いきなり手を引かれ、胸元に抱き込まれた。

「ちょ……、っおい」

寝ぼけているものと思っていたのに、今、拝川は真っ直ぐ和斗の顔を見つめていた。

「……眠いんだろ」

抱え込まれた体勢が、妙に照れくさくて、つい、ふて腐れたような言い方をしてしまう。

「さっきまでな。……でも、次に気がついた時、お前がいなくなってたら嫌だなと思ったら、目が覚めた」

そう言って、拝川は和斗の体をぎゅっと抱きしめてきた。

——あ……。

鼻先に、拝川の匂いがふわりと漂った。その瞬間、和斗はなんだかたまらない気持ちになって、目を細める。

ぴったり体をくっつけていると、拝川は和斗の前髪をゆっくりと撫であげ、頬にそっと口づけてきた。

久しぶりの感触に、和斗は知らず、吐息を漏らす。薄く目を開くと、目が合う。

柔らかに笑みに解ける眼差しに、胸が熱くなった。

「……」

和斗は拝川を見つめながら、その頬を両手で包み込む。不思議そうにこちらを見るのは、和斗からキスするなんて、思っていないからだろう。

——俺だって、お前が好きなんだよ。

その気になれば、誰だってより取り見取りなのに、男の自分を選んでくれた。和斗の態度に不安を抱えていた癖に、「好きになってくれて嬉しい」などと言って、そんな拝川が、とてもいじらしく思える。男の拝川にそんなことを感じるのが不思議だったが、今は自然とそれを受け入れることができた。

和斗はそのままそっと、拝川にキスをした。ただ唇をくっつけただけの、情緒も何もない口づけだ。だけど拝川は、嬉しそうに目を細める。

後頭部を引き寄せられ、拝川はそのまま角度を変え、和斗の唇をむさぼり始める。舌と舌が絡まって、和斗の口内にとろりとした唾液が流し込まれた。

「……ん、っ」

苦しげに眉を寄せながら、和斗はなんとかそれを嚥下《えんか》しようとする。うまく飲み込めずに、唾液は和斗の口元をたらりと汚した。

拝川は口元を舐め取るようにしながら、覆いかぶさってくる。

後ろ手をついていた和斗は拝川の首に腕を巻きつけながら、後ろのベッドへと倒れ込んだ。中途半端に乗り上げている格好だったからか、拝川は和斗の膝裏を持ち上げ、ベッドに押し上げた。

拝川の手はすぐ、和斗のジーンズを脱がせにかかり、下着ごと強引におろしてしまう。

「……あ、えっ」

下だけ脱がされた状態になって、和斗はうろたえ、羞恥に顔を赤くした。

こんな煌々《こうこう》とした明かりの下では何もかも丸見えだった。

いやだと訴えようとしたら、拝川もまた、着ていたセーターやらジーンズ、下着まで慌しく脱ぎ捨てて、ふたたび和斗の体に覆いかぶさってきたので、何も言えなくなった。

パーカーをめくりあげ、拝川はゆるゆると和斗の肌を愛撫《あいぶ》しはじめる。時折、唇で吸い上げるようにされて、そこがじんわりと熱くなるのを感じた。

指先はわき腹やへそのまわりを優しく撫でていき、そのうちに胸の尖りへとたどり着いた。

「ひ、……っ」

片方をきゅっと摘《つま》み上げられ、瞬間、ジン、と電流が走ったみたいになる。

和斗は短い声をあげ、体を震わせた。

そこをくにくにと指でこねくり回し、次に反対側も同じように愛撫する。

交互に嬲《なぶ》られるうち、和斗のそこは硬く芯を持ったみたいになる。

浅い息を吐いて、感覚に耐えていると、拝川の唇がそっとしこった粒を含んだ。

「う、……っ、く」

甘く噛まれ、舌先で硬くしこった部分をつつかれた。

両胸を入念にいじりまわされて、和斗のものは触れられてもいないのに、むくりと頭をもたげはじめていた。

それに気づいたのか、拝川の片手がそろりと伸びて、内股にかけられる。

「……っ」

やわらかいそこに親指を押し付けるようにされて、和斗はびく、と足を突っ張らせた。

「ここ、もう触っていいか?」

拝川の熱っぽい眼差しが和斗の一物に向けられる。

恥ずかしくてどうにかなりそうなのに、見つめられ、体がぞくりと震えた。羞恥に眦を染めながら、和斗はどうにか頷いてみせる。

拝川が微笑むのがわかった。

ふと思い出したみたいに、首に引っかかっていたパーカーを脱がされる。

そうしてそっと、和斗のものに手を這わせ、そこを握り込んできた。

「……っ、ふ」

数回、軽く扱いただけで、それはぐんとしなりをみせる。そのまま扱かれるのかと思っていたら、拝川は体をずらして、和斗のそれを口に含んだ。

「あっ、……っ、バカ、やめろっ」

先端をぬるりとした感触に包まれ、あまりのことに和斗は体を起こして拝川の体を引き剝《は》がそうとした。

「いやだ、そんなの……っ」

恥ずかしくて、どうにかなりそうだ。

体を丸め、和斗は拝川の肩先を何度も引っかいた。だが拝川はそのまま和斗のものを愛撫しはじめる。

立てた舌先で、割れ目をつつくようにされた後、肉厚の舌先が先端のそこから括れにかけて、ゆっくりとなぞっていった。

「ひ、う……」

最後、張り出した部分を、歯裏でこすられ、和斗は体を丸めたままびくびくと腰を揺らした。

散々先端を舐めまわされるうちに、小さなくぼみからとろりと先走りが染み出してくる。

「あっ、ああっ」

そこをじゅっとすすり上げられ、直後、喉奥に飲み込まれる。窄《すぼ》めた唇を上下させ、竿の部分を愛撫されて、小刻みな喘ぎをこぼした。

「ん、っ……うぅ、あ、あ、ああ」

数回、それを繰り返され、和斗は我慢できず、拝川の口の中に放出してしまう。

——ヤバイ……。

咄嗟に顔を上げると、ちょうど拝川が粘液を吐き出しているところだった。

呆然と見つめる先で、拝川は口元に残る汚れを手の甲で拭った。和斗の視線に気づいたのか、目線がフッと上を向く。獰猛な眼差しに真っ直ぐ射抜かれ、和斗はびく、と体を震わせる。

——くそ……。

なんともいえない強い色気を感じて、和斗は咄嗟に目を伏せた。唇から、ハア、と無意識のため息が零れ落ちる。

不意に、拝川が和斗の両脚を摑み上げた。そうして腰を高く抱え上げるようにされて、一気に後ろの窄まりまでもが拝川の眼前に晒される。

「お……おい！」

「大丈夫。任せておけ」

心配しているのではなく、慌てているのだが、拝川は大真面目な表情だ。

ベッドサイドから何かボトルのようなものを手に取ると、中身を手に垂らしている。

「気持ち悪かったら、言ってくれ」

拝川はそっと後ろの窄まりに濡れた手指を触れさせる。

ひんやりとした感触に、和斗の体がビク、とふるえる。

「え、何、何、何——」

怯えたような声をあげると、拝川がもう一度「大丈夫」と頷いた。

拝川の指先が滴りをすくいとり、丁寧に窄まりの周囲へとなすりつけていく。

「え、あ、あっ……、ああっ」

濡らされ、柔らかくなった後孔に、拝川はつぷりと爪先を沈めた。襞をかきわけるようにして指先がもぐり込んできて、内側にもとろりとした粘液を塗り込めていく。

「う……うう、っ」

最初、体の奥で異物がうごめく感触に、背筋がぞわっとそそけ立ったが、入り口を指先で丹念に何度も擦られるうち、奥からだんだんとむず痒いような、なんともいえない感覚が湧き上がってくる。

拝川はしつこく長い時間をかけ、狭い入り口をほぐし続けた。すっかりぬかるんだそこは、拝川が指でかきまぜるようにするたび、くちゅ、と泡立ったような音をたてはじめる。

「ん……っ、あ、ああっ……、ん」

時折、拝川の指先に、内側をぐり、と引っかくようにされて、和斗は大きく体を跳ねさせた。

「鈴見。もう一本、指を増やしていいか？」

「も……っ、いちいち、聞かなくていいんだよぉ」

自分でも驚くほど、甘ったるい声が出る。恥ずかしさにぎゅっと目を閉じると、拝川が笑ったような気配を感じた。

いつの間にか二本の指が内側を押し広げるように蠢《うごめ》いていて、そのなんとも言えないむず痒《がゆ》い感触に、和斗はハアハアと荒い息をこぼす。後孔も、ひくひくと勝手に収縮し始めていて、時折、きゅっとその指を締め上げていた。

「……大分、ほぐれて来たな」

ぼそっと呟き、拝川はまじまじと和斗のそこを見つめる。

「ちょ……、やめろよ」

じり、と体をねじるようにして拝川の視線から逃れようとしたが、がっちり腰を押さえ込まれて、動くに動けない。

「……あ、ん」

指が抜かれ、ふと、熱く猛ったものがそこに押し付けられる。直後、それはずぶずぶと襞《ひだ》を掻き分け、内側へと押し入って来た。

「――ひ、っ」

じわじわと内側から裂かれるような感覚に、和斗は足をじたばたもがかせた。強い圧迫に、息もできない。

「鈴見」

呼びかけられ、何度か軽く頬をたたかれる。

「……っ、う」

薄っすら目を開くと、拝川がまっすぐこちらを見つめていた。拝川の額にも、玉の汗が浮かんでいる。

「大丈夫か」

和斗はふるふると頭を振った。自分ではもう、何がなんだかわからない。

すると、拝川がおもむろに和斗のものに手を伸ばしてきた。痛みと圧迫ですっかり萎《な》えてしまったそれを、ゆるゆると扱き始めた。

くるんだ手指を上下させ、竿を愛撫しつつ、親指では先端の張り出した部分をぐりぐりと抉《えぐ》るように弄《いじ》る。

「ふ、……っ、んぅ」

緩慢《かんまん》な動きを見せていたそれは、ゆっくりじわじわと激しさを増していく。そのうちに、和斗のものはふたたび大きく反り返り、先端からとろりと先走りをこぼしはじめた。

「あ、ん……」

小刻みな喘ぎ声をあげ、和斗の後孔がひくりと収縮する。拝川はその瞬間を狙ったように、ズン、と腰を突き入れる。

「――、っ」

和斗はぐ、と息を詰まらせ、体を強張らせた。

腰を揺すりながら、拝川は奥の奥までそれを沈み込ませる。

ぎちぎちに広がっているそこを、無理やり押し広げるようにして、拝川がゆっくりと腰を前後させはじめる。最初、小刻みだった動きは、少しずつ激しくなっていき、熱く猛ったものに内側をごりごりと擦りたてられる感触に、和斗は次第に体を震わせはじめた。

腰を引かれて、拝川のものがギリギリまで引き出される。その大きく張り出した部分で、入り口のぬかるんだ部分を乱暴にかき回された。ぐちゅりと響く、卑猥な水音と共に、強い快感が背筋を走り抜ける。

「あ、あっ、あああっ」

気づけば和斗は短い声を上げながら、拝川の動きに合わせるように腰を揺らしていた。

「ふ……っ」

見れば、拝川もかすかに喘いでいる。薄く開いた唇から、時折舌が覗いて、やたらと扇情的だ。

「あ、……っ、も……俺……」

こんなふうにされたら、いくらももたない。和斗はびくびくと背中を反らしながら、あっけなく己を放出した。

白濁が腹や胸元、頬に飛び散っていく。瞬間、後ろが勝手に何度もひくひくと収縮を繰り返し、内側の拝川をきつく締め上げた。

「う、っ――く……」

短いうめき声の後、拝川のものがずるりと抜け出して行くのがわかる。

「あ、……っん……」

直後、後孔に生暖かい飛沫が打ち付けられ、その感触に、和斗はひくりと体を震わせた。

大きく息をついて、隣に拝川が倒れ込んでくる。和斗が無意識に体を摺り寄せると、すぐさま腕の中に抱き込まれた。

「……平気か？」

「わからねぇ。ケツが……なんか、変な感じだ」

さんざん喘いだせいで、声もかすれている。

「けど……すげぇ感じたかも」

悪かった、と呟き、拝川は和斗の髪を何度もやさしく梳いた。額やこめかみにも、キスをしてくる。

「なあ。お前は？」

和斗からすれば、そちらのほうが気に掛かる。何と言っても、自分は拝川しか知らないが、拝川は絶対にそうではない。

——でなきゃ、最初からこんなふうにできるもんか……。

キスもセックスに至るまでの流れも、自分の中で当たり前みたいに自然だった。

「俺は、お前とこうなれただけで、すごく嬉しい。……さっきはちょっと抑えがきかなかった」

「……フーン」

生真面目な顔でそんなことを言われてしまい、それ以上追及することができない。

――まあ、いいんだけど。

どうせ、拝川の過去を知ったところで、自分にはどうすることもできない。誰だかもわからないような相手に苛つくのも、今はごめんだった。

「じゃあ……後でもう一回やるか」

拝川の胸元で、ぼそっと呟く。

「……え」

拝川は軽く体を反らし、腕の中の和斗の顔を覗きこんできた。

「鈴見、本気で言ってるのか？」

慌てたような、拝川の声がおかしい。

出会った当初は、拝川がこんな顔をするなんて、想像もしなかった。この一年の間に、自分の感覚も随分変わったなと思う。

「おう。本気も本気。けど……ちょっとだけ寝させてくれよ」

さすがに、少し疲れていた。

だが、たまらなく心地好く、満ち足りた気持ちだ。

拝川の胸元に身を寄せ、目を閉じていると、ふと、額に拝川の唇を感じた。

和斗は思わず、ふふ、と微笑んだ。

柔らかな口づけが繰り返され、やがて意識が溶けていく。

和斗はそのまま、ゆっくりとまどろみの中へと落ちていった。

君とふたりで

Kimi to futari de

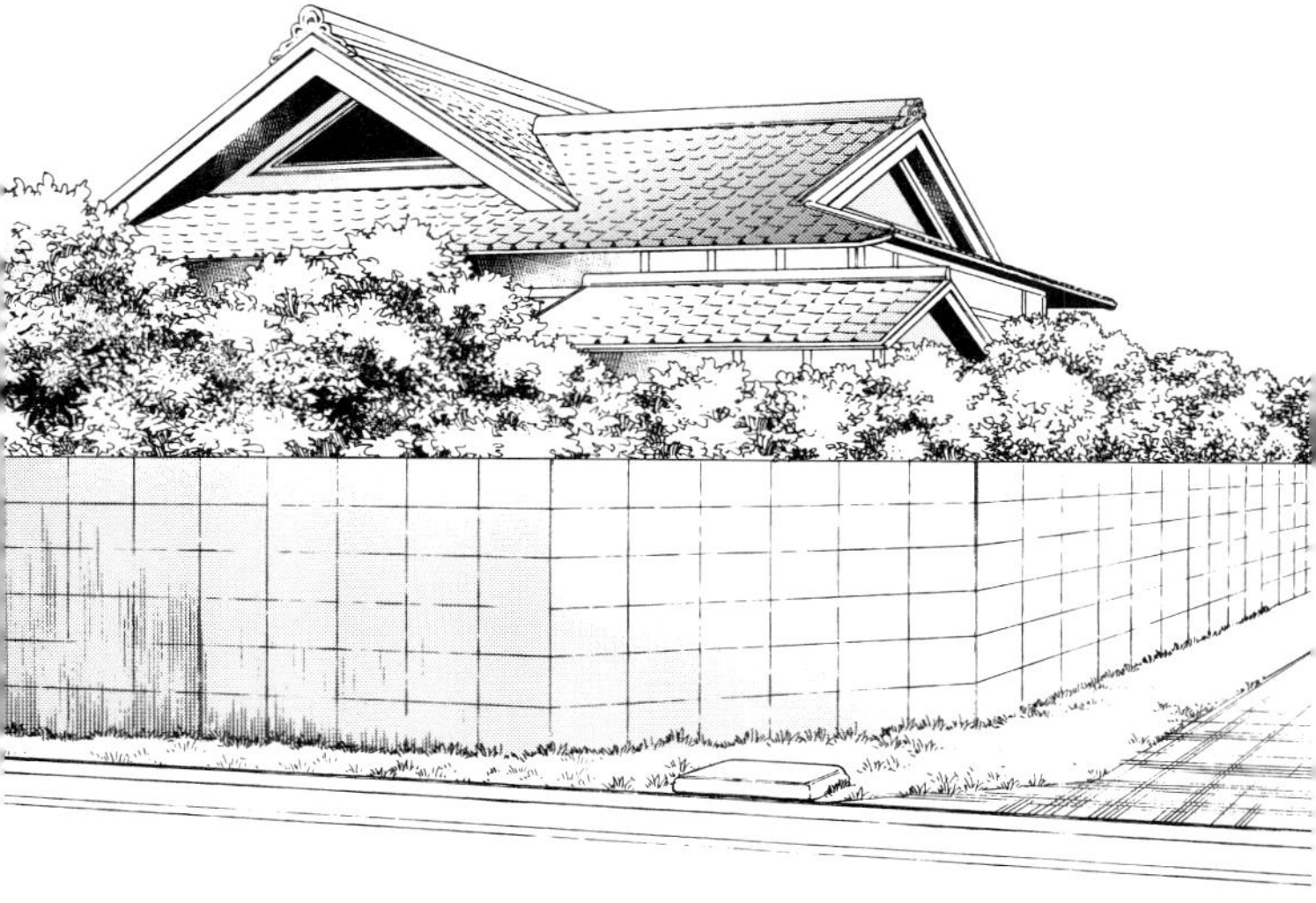

外で昼食を終え、拝川《はいかわ》が社内へと戻ってくると、休憩中の同期の原《はら》と女性社員たちが世間話《せけんばなし》の真っ最中だった。

「え。GW、タイに行くの？」

「そうなんですー」

通りがかり、そんな会話が聞こえてくる。どうやら、来る《きた》ゴールデンウィークの予定について話しているらしい。

年度末の騒動から引き続き、拝川は何かと忙しくしていて、休みのことなどすっかり忘れていた。といっても年度が明けてからは、退職した小宮《こみや》の代わりに採用となった男への引き継《つ》ぎ業務が増えたことが主《おも》で、実務だけならば随分《ずいぶん》と落ち着いていた。

だからというわけではなかったが、原が旅行を予定していると知り、ちょっとそわそわした気持ちにさせられた。

「旅行？」

その晩アパートに戻った拝川は、自分の部屋ではなく、一階上の鈴見和斗《すずみかずと》の部屋を訪ねた。

今から海外への旅行となるとさすがに難しいが、国内の一泊旅行程度なら、場所によってはなんとかなる気がした。

「先月までバッタバタだったし、休みのことは何も考えてなかったなー」

鈴見は綺麗なアーモンド形の瞳《ひとみ》を瞬《またた》かせ、キョトンとした表情を見せる。こういう子供っぽい表情が実に可愛《かわい》らしく、見ていて本当に飽《あ》きなかった。

拝川は、去年の夏からこの男と付き合っている。きちんと思いが通じ合ったのは、ここ数ヵ月のことだが、お互い男同士だし、鈴見に至《いた》っては自分が初めての相手ということで、こうして付き合えていること自体、奇跡のようなものだろう。

根が素直で直情型の鈴見は、出会った当初、拝川にとっては少々鬱陶《うっとう》しい存在だった。どうやら鈴見のほうも、愛想《あいそ》のない自分にあまり良い印象は持っていなかったらしい。だが、ある時その印象は、一気に覆《くつがえ》った。先輩社員の小宮から一方的なパワーハラスメントを受けていた自分を救ってくれたのが、鈴見だった。

小宮からの罵詈雑言《ばりぞうごん》は日を追うごとにひどくなっていったが、いちいちそれを真に受けるような性格でもなかったし、何より好きで選んだ仕事だったから、仕事量もやり方次第だと思うようにしていた。だが、無理難題を突きつけられ助け船もない状態では、心はどうしても追い詰められていく。それを見かねた鈴見が、小宮を突っぱねてくれたのだ。

誰もが見て見ぬふりをしていた状況で、唯一《ゆいいつ》鈴見だけが自分を助けてくれた。あの頃、自分たちの相性はお世辞《せじ》にも良いとは言えなかった――それなのに。だからあの時は、安堵《あんど》よりも驚きのほうが勝《まさ》っていたように思う。

それがきっかけで、拝川は鈴見に興味を持った。

礼をしたくて食事に誘い、それから互いの部屋を行き来し合うようになって鈴見の人となりを知り――好きになるのに、そう時間はかからなかった。

「東京でも行って、お前の実家でも見てくるか。そしたら、ホテル取れなくてもなんとかなるし」

まるで良いことを閃《ひらめ》いたとばかりに、鈴見はにやりと笑った。

「別に構わないが……どこか行きたいところでもあるのか」

「そりゃ遊園地だろ！　いつか彼女が出来たら行こうと思ってて……おい、何笑ってる」

発想が、いかにも鈴見らしいと思って、笑いがこみあげてくる。可愛い女性でなく、自分のような不愛想な男が相手でも、「彼女」と同じ枠で考えてくれるらしい。

「多分、母親はいるだろうから、ちょっと聞いてみるよ」

「え、いや……いいよ、別に。こんな急に、申し訳ないだろ」

単なる冗談のつもりだったらしく、鈴見は慌てたように首を振った。

「別に気にしないと思う。なんだったら、留守にする予定でいるかもしれないし……」

何の準備なのかわからないが、うろたえたような顔の鈴見が可愛らしくて、拝川は「そうか」と頷いた。別に、ふたりで旅行できさえすれば、場所などどこでもいい。

「だとしても、また今度！　お……俺だって心の準備がいる」

結局、行先は近郊に決めた。五月頭の連休の中日に、明石《あかし》市内のシティホテルに空《あ》きがあったため、明石市内や淡路《あわじ》市内を回る予定をたて、レンタカーを借り早朝に出発、翌日は少し早めに大阪に戻ってくることにした。

「早めに予定を立てておけば、前半の休みを有効に使えたんだがな」

「いいんじゃね、それまではのんびりしてれば。俺、そろそろ替えの服も欲しいし、なんか適当に買い物行こうぜ」

鈴見はそう言ってはくれるが、こうして同じ職場に通い、同じアパートに住んではいるものの、月曜から土曜まで早朝に出かけていく鈴見と、残業の多い自分とでは、まとまった休みでもない限りは、なかなか一緒に出掛けられない。せっかくの休みに、予定を考えてもいなかったことが今更ながら悔《く》やまれた。

とはいえ、一緒に買い物をしたり、のんびり過ごすというのも、充分魅力的だ。

今年は去年のように家に仕事を持ち帰らずに済みそうだし、休みまであと二週間だが、ひどく待ち遠しかった。

数日後、鈴見と二人、自室で食事をしていると、鈴見の電話が鳴った。

「あー、うん。元気だよ」

こちらに気を遣ってか、鈴見は応答しながら立ち上がり、部屋の隅《すみ》に移動した。明日、天気がぐずつく予報が出ているので、てっきり仕事の有り無しの連絡かと思っていたが、フランクな口調の鈴見に、これは違うな、と感じる。

「え、無理だって。俺、いろいろ予定入れてるもん」

鈴見が焦った声をあげるので、何があったのか気になり、そっと近づいた。

しばらく「いやだ」とか「無理」とか繰り返していた鈴見だったが、最後には「わかったよ」とむすりと返して、電話を終える。くるくる変わる鈴見の表情を横目でちらちらと見て楽しんでいたが、最終的に不機嫌な顔になってしまった。どうやら、何か問題があったらしい。

「悪い！」

こちらから確認する間もなく、鈴見が両手を合わせてガバッと頭を下げた。

「旅行、無理になった。実家に帰らないといけなくなった」

「え……」

急にどうしたのだろうか。実家ということは多分、鈴見の家族からの電話だったはずだから、もしかして、誰かに不幸でもあったのだろうか。そう聞くと、鈴見は「違う」と首を振った。

「そういうんじゃなくて、用事。俺んち、一応兼業農家なんだよ。青物《あおもの》が基本なんだけど、近場の店に卸《おろ》す程度に米も作っててさ。この時期は毎年、家族親族はもれなく田植えに駆《か》り出されちまうもんだから……」

「田植え？」

なんだかピンと来ない。そもそも、大阪にそうした農家があること自体、想像もしていなかった。

「ほんっとーにすまん。こっちはもう家出てるんだし、俺ひとりぐらい抜けても平気だろうと思ってたんだけど、なんか一番上の兄ちゃんの奥さん、お腹に赤ちゃんいるのに駆けつけてくれるらしくって、それなのになんでお前が来ないんだって言われちまって」

「そうか。だったらしょうがないな」

拝川はなるほど、と頷いた。

「ごめんな。そう言ってもらえると、すげー助かる」

鈴見はもう一度謝った。

「この時期、大げさでもなんでもなく、猫の手も借りたいほど忙しいからさ……」

「大変なんだな」

この連休を楽しみにしていたから、本音では落胆を感じている。だが、どうしようもない事情を前に、拝川としても納得するしかなかった。当初、鈴見がGWの予定が頭から抜け落ちていたのも、これまでずっと田植えの手伝いにかり出されていて「どこかに遊びに行く」という感覚そのものがないからなのかもしれない。

「ま、農家だったらどこもこんなもんだろうけど」

「――なあ。もし良ければ、俺にも手伝わせてくれないか」

しょうがない、とばかりに肩をすくめる鈴見に、拝川はふと思つきを口にした。

「は？　手伝うって、田植えを？」

考えもしなかったのだろう。鈴見は一瞬、ポカンとした顔を見せた。

「何。お前、田植えの経験あんの？」

「いや、ない」

ないけれど、できれば鈴見と一緒にいたい。それほど忙しいというのなら、人手も必要だろうし、それならば、と思ったのだ。

「じゃあいいよ、無理すんな」

しかし、鈴見にはあっさりと断られてしまう。

「仕事みてーなもんだし、とにかくきっついの！　お前のせっかくの休み、無駄にするわけにはいかねーよ」

「そうは言っても、特に何の予定もないからな……」

気を遣ってくれているらしいが、何もせず部屋でゴロゴロしているよりは余程《よほど》、やり甲斐《がい》がありそうだ。

「それは、俺も悪かったなって思うけど……でも、旅行の代わりにできるような楽しいもんでもないから」

言い切って、鈴見は軽く肩をすくめた。

「体力仕事だし、古い家だから居心地も良くねぇし、とにかくしんどいと思う。俺の部屋ももうなくなってるから、大部屋で雑魚寝ってこともあり得るしさ」

「しんどいのが理由なら、あまり気にしなくていいぞ。たまにはがっつり体を動かさないとと思ってるし。雑魚寝《ざこね》だって、面白そうだ」

相手が鈴見の家族たちだと思うと、それはそれで楽しみだった。大体、家族で何か作業することや、皆で雑魚寝だなんて、拝川の家庭間ではまったく考えられない。

長年、海外赴任《ふにん》している父、経営する雑貨店の買い付けで海外に出かけることの多い母――決して不仲というわけではないが、それぞれが個人主義を徹底しているからなのか、昔から家族関係は希薄《きはく》だった。盆暮れ正月なども、母がふらりと海外に出かけてることが多いため、仮に帰ったとしても誰もいないし、両親に顔を見せるよう言われたこともほとんどない。

それもあって、鈴見の家の話を聞いていると、つい賑《にぎ》やかな祭りか何かのような印象を持ってしまうのだ。

とはいえ、実際には皆で田植えをするわけだから、祭りなどであるわけもなく、素人が気軽に手伝えるものでもないかもしれない。

「――まあ、無理にとは言わない。邪魔《じゃま》になっても悪いからな」

「別に邪魔とかそういうんじゃねぇよ」

鈴見はなんだか、気まずそうな顔を見せる。

「ただささ、うちはホント騒《さわ》がしいし、お前を驚かせちまうんじゃないかと思って」

「俺は気にしない。鈴見の大事な家族たちじゃないか」

「大事なって、そんな大袈裟《おおげさ》な……」

鈴見は面食《めんく》らったように目を瞬かせる。何か言い募《つの》ろうとして、結局、困ったように顔を俯《うつむ》けた。つられて顔を覗き込むと、鈴見は嫌がって、拝川の肩を押した。

——あ。

耳が赤くなっていることに気づいて、拝川ははたと動きを止める。

この流れで、どうして照れたりするのか、よくわからない。こうして付き合うようになった今でも、鈴見の感情の流れは摑《つか》めないことが多かった。

だが、そこがまた、何とも言えず可愛《かわい》らしい——。

拝川は鈴見を引き寄せ、再びその顔をのぞき込むようにしてキスをした。嫌がってジタバタ暴《あば》れるので、体をそのまま腕の中に抱き込んでしまう。

「……おい！」

声をあげた体をぎゅっと抱きしめると、もがいていた体の動きが鈍《にぶ》くなり、やがておずおずと拝川の背に腕が回った。自分が初めて付き合う相手だからか、恋人同士のふれ合いに、鈴見はとても不慣れだ。それでも最近は、こんな風に体を抱き返してくれるようになった。

拝川は目を細め、鈴見の髪に鼻先を埋《う》めた。

二週間後――。

連休の前日、仕事を終えた拝川は鈴見と二人、電車で一時間ほど離れた場所にある、鈴見の実家へと向かった。GW後半の休みのうちの二日間を利用し、田植えの手伝いをするためだ。同じ大阪府内のため、そう遠距離でもないのだが、電車での乗り換えが二度あり、目的の駅への到着はトータルで一時間半ほどかかった。

人気のない、簡素《かんそ》な駅だ。駅を出ると、ロータリーにバスが一台停留している。

鈴見は行き先も時間も確認することなく、バスに乗り込んだ。

「迎えに来てもらうつもりだったけど、出発の時間がはっきりしねぇから、結局頼まなかったんだ」

へえ、と呟《つぶや》き、拝川は窓の外を眺《なが》める。ロータリーの付近は街灯のおかげで明るいが、少し先はもう真っ暗だ。

幸《さいわ》い、それから十分ほどでバスが動き出した。下車したのは橋の手前にある停留所だったが、民家らしき明かりが点在している場所はまだずっと先のほうだ。

「同じ大阪かってくらい、のどかだろ」

卑屈《ひくつ》な言い方をしながらも、鈴見は笑っている。不便だなんだと文句を言いつつも、この場所を気に入っているのだ。

聞けば、鈴見の実家は兼業農家で、父親や長兄《ちょうけい》はそれぞれ定職についているそうだ。現在、農家を切り盛りしているのは、祖父《そふ》と母、そして次兄の三人で、田植えのこの時期は一気に植え付けを済ませる必要があって、ほぼ毎年、家族総出での作業となるらしかった。

鈴見の家は、川沿いを歩き、水田の中を抜けた先にあった。間口の広い平屋《ひらや》建ての日本家屋で、敷地はぐるりと石塀《いしべい》で囲まれている。さらに、敷地内には小型のビニールハウスがふたつ立っていた。

「拝川、どうした?」

ぼんやりと屋敷周辺を見回していたからか、鈴見が怪訝《けげん》そうにこちらを振り返る。

「広いなと思って」

「そんだけ田舎なんだって。ほんっと、周りに何もなくてびっくりすると思うぜ」

自虐《じぎゃく》的な言葉と共に、鈴見は玄関扉を開いた。

いきなり大きな兜《かぶと》と目が合った。端午《たんご》の節句《せっく》の飾り付けだと、一瞬気づかなかった。何しろ、拝川の実家ではそうしたものを飾る風習がなかったからだ。

中に入ると、奥の方の部屋が騒がしい。応接間か何かなのだろう。

いよいよ鈴見の家族とご対面か――そう思ったら、柄《がら》にもなく少し緊張した。手伝いたいという気持ちは嘘《うそ》ではなかったが、この忙しい最中、素人《しろうと》同然の自分が押しかけるのは、必ずしもありがたがられるわけではないと思っていたからだ。それ以外にも、気にしていることはある。自分は鈴見のただの会社の同僚ではないし、友人でもない。そういう意味で、鈴見の家族に対していくらかの疚《やま》しさを感じている部分はあって、それが拝川の体を硬くしていた。

「ただいまー」

そんな自分にお構いなしに、鈴見がガバッと襖《ふすま》を開く。拝川は慌ててその背中に続いた。

十二畳《じょう》ほどの広さの応接間に、老若男女《ろうにゃくなんにょ》が二つの大きなテーブルを囲むようにして座っている。その彼らの視線が、一斉《いっせい》にこちらを向いて、拝川は思わず息をのんだ。家族が多いと聞かされていたものの、この人数には確かに圧倒される。

「おーっ、和斗」

「カズ兄！」

しかし次の瞬間、皆、嬉しそうに顔を輝かせ、鈴見に声をかける。

「えーと、こいつが言ってた同僚の拝川な」

拝川が挨拶《あいさつ》のタイミングを伺っていると、鈴見がぐいと腕を引っ張って、皆の前で紹介をしてくれた。瞬間、皆が口々に「よろしく」と言ってきたため、拝川はひとりひとりにわかるように会釈《えしゃく》した。

端《はし》の席に座った鈴見に続いて、拝川もその隣《となり》に腰を下ろす。

ちょうど、鈴見の母親の座っている真向かいだ。小作りで丸顔、年齢の割に若々《わかわか》しい顔立ちの女性で、鈴見とは輪郭《りんかく》や目元、口元がそっくりだった。

その隣には、似通《にかよ》った面差《おもざ》しの女の子ふたりがいて、それが中三の妹と小五の末妹だと紹介

される。二人とも人見知りする質《たち》ではないようで、拝川はすぐに質問攻めにされた。

「お前らうるさいぞ。静かに飯食《めしく》わせろよ」

鈴見の話のみならず拝川のことも知りたがるので、鈴見が強引に話を切った。むくれて文句を言う二人が、年相応《そうおう》で可愛らしい。

「はー、しばらく帰ってなかったから、このやかましさ、すっかり忘れてたぜ」

鈴見はやれやれと首を振っている。確かに、想像を上回る騒《さわ》がしさだ。

「けど、なんかお前が育った家って感じがするよ」

「なんだよ、うるさいって言いたいのかよ」

「いや、あったかいからさ」

急に現れた拝川に対しても、ほとんど垣根《かきね》を感じさせない。思えば、出会った頃誰とも交流を持とうとしなかった自分に、真っ先に話しかけてきたのは鈴見だった。

それにしても、本当に大家族だ。他にまだ、結婚して家を出ているという長兄が、仕事の都合で合流できておらず、一足先に身重《みおも》の奥さんだけが駆けつけている状況のようだ。

「せっかくまとまった休みだってのに、良かったのか」

声をかけてきたのは、次男の雄斗《ゆうと》だ。並びの席からにゅっと手を伸ばし、瓶《びん》ビールを掲《かか》げてみせて、拝川に飲むよう勧めてきた。

「特に予定もなかったんで、手伝わせてもらえたらと思ったんです」

拝川の返答に、雄斗は「マジかよ」と呆《あき》れ顔を見せた。

「ま、そういうことなら遠慮はしねぇ。明日はよろしくな」

今度はグラスをこちらに差しだしてきたので、拝川は注《そそ》いでもらったばかりのグラスを向けて、軽く乾杯《かんぱい》のポーズを交《か》わした。

「あのなあ、ユウ兄！」

そこに鈴見の体が割って入る。

「言っとくけどそいつ、田植えの田の字も知らねーんだからな。絶対無茶《むちゃ》言うなよ」

「は？　母ちゃんが電話しなかったら、サボるつもりだった癖《くせ》に、何を偉そうに」

「帰ってきたんだから、いいじゃねーかよ」

やや語気の荒《あら》い雄斗につられるようにして、鈴見の口調にも棘《とげ》が混じる。大丈夫だろうか、と鈴見を窺うと、表情は笑っていた。どうやら、本気の言い合いというわけではなかったらしい。

拝川はホッとして、ビールを口にした。

この場にいる鈴見は、自分の知っている鈴見のようで、少し違う。慣れ親しんだ空間に戻って、気が緩《ゆる》んでいるからか、どこか甘えたような雰囲気が漂《ただよ》っている。くるくると変わる鈴見の表情は、いつだって見ていて飽きないものだったが、今また新たな顔を見つけることができて、それだけでも、ここに来た甲斐《かい》があると思った。

その時ふと、視線を感じた。

周囲を見回した瞬間、景斗《かげと》という、鈴見家の四男坊と目が合う。確か鈴見の三歳年下の弟だ。目が合った手前、会釈をしたが、景斗のほうは、そっけない感じで目を伏せた。そういえば、まだまともに話しかけられてはいない。鈴見家の人間は皆、押しが強くぐいぐい話しかけてくる印象があったが、彼は少し違うらしい。

景斗に気を取られていたら、突然、左肩がずしりと重くなった。

「はー……。なんかちょっと、飲みすぎちまった」

早々に酔っ払った鈴見が、肩にしなだれかかってきたのだ。かかる吐息、掠《かす》れた声に、拝川はぎくりとする。

「鈴見、平気か？」

咄嗟《とっさ》に体を引いて、代わりに鈴見の両肩を摑み揺さぶる。

いつもの調子で甘えてきたのだろうが、ここは自分たちの住むアパートではない。家族たちの目の前、酔った勢いとはいえ、ベタベタするわけにはいかなかった。

「へへ、すげーいい気分」

しかし鈴見にはもう、そんな自制は働かないようで、ふにゃりと笑ったかと思うと、今度は拝川の首筋に両腕を回し、しがみついてきた。

「……っ」

これはまずい。非常に危《あや》うい感じがする。

「あの！　鈴見くん、もう眠いみたいなんですが、どこか休める部屋はありますか」

途中退席するつもりなどなかったのに、この状態の鈴見を放っておくことはできない。うっかりすると何かボロが出そうで恐ろしかった。

「あらいやだ。この子ったら、何甘えてるの」

鈴見の母は、拝川にしがみついている息子の姿に肩をすくめた。直後、部屋まで案内してもらい、拝川は鈴見を抱えるようにして部屋を移動した。

六畳の畳《たたみ》の間の窓際にベッドが置かれ、その横の畳の部分にもう一組の布団《ふとん》が敷かれていたため、拝川はベッドのほうに鈴見を横たえた。

「あれ……なんでここ……？」

瞬間、鈴見がハッとしたように目を開く。

「お前が潰れそうだったから、案内してもらったんだ」

「へえ……ここ、今は景斗の部屋のはずなんだけど、俺たちのために空けてくれたのかな」

「そうなのか？」

「うん。俺がこっちで暮らしてる時は、俺との二人部屋だった。このベッドが二段ベッドでさ」

何を思いだしているのか、鈴見は楽しそうにくく、と喉《のど》を鳴らす。

「まだ二段ベッドのままだったら、ちょっと面白かったのに。お前のサイズだと、絶対に足が飛び出ちまうもんな」

　確かに、ベッドは小さめだ。拝川の体では、かなり窮屈《きゅうくつ》に感じるのに違いない。

「俺は先に風呂《ふろ》を使わせてもらうけど、お前はこのまま寝たほうがいい」

「うん……そうすっかな」

　言いながら、鈴見はごろりと体を反転させ、体ごと拝川の方を向いた。笑みを浮かべ、しばらくの間こちらを見つめていたが、そのうちにまた瞼《まぶた》がとろりと落ちていく。

　寝かしつけるようにゆっくりと鈴見の頭を撫《な》でていると、すう、という寝息が聞こえ始め、そのまま寝入ってしまった。あどけない表情に、眦《まなじり》が下がる。吸い寄せられるように顔を近づけ、拝川は鈴見の頬にそっと口づけた。

　ギィッ――。

　ふと何か軋《きし》むような音が聞こえ、慌てて鈴見から体を離す。襖の向こうに誰かがいる気配がする。拝川は立ち上がり、そっと襖を開いた。

　そこにいたのは、鈴見の三歳年下の弟、景斗だ。

　驚いた拝川は、目の前の少年を見つめた。

「……カズ兄は?」

　ぶっきらぼうな問いかけ。拝川は背後のベッドを振り返り、小声で「寝てる」と答えた。

「起こしたほうがいいかな」

「……別にいい。風呂空いたって言いに来ただけだから。寝てんなら、あんたが先入れば？」

思わず室内の鈴見に視線を送ると、景斗はこちらにプイと背を向け、階段を下りていった。

その背中を見送り、拝川は静かに襖を閉じる。

いきなり襖を開けられなくて良かった――心からそう思った。

そうでなければ、キスしているところを見られていたかもしれない。浮かれていて少し、気が緩んでしまっていた。

とりあえず拝川だけ風呂を借り、その後はすぐ眠るつもりで明かりを落とした。鈴見が目を覚ます気配はない。

暗い中布団に横たわっても、拝川はなかなか寝つけなかった。

明日のことを考えると、なんだか無性に落ち着かない気分になる。普段はあまりこういう気分になることはないのだが、やはり鈴見の家族を前にして、心も体も緊張しているのだろうか。

静かに息を吐き出し、拝川は体の力を抜いた。


「おーら、起きろ！」

大声とともに、布団を引き剥《は》がされた。ハッと目を見開いたものの、拝川は一瞬、自分のいる場所がどこなのかがわからなかった。

「……おはよう……」

呻《うめ》きながら体を起こすと「大丈夫か？」と鈴見が顔を覗き込んでくる。「ああ」と答えながら、それでようやく、ここが鈴見の実家だと思い出した。壁の時計は、六時半を指し示しており、普段起きる時間とそう変わらない。

「疲れてるとこ、悪いな。そろそろ飯食わねぇと、遅くなっちまうから」

「わかった。……けど、お前は元気だな。朝まで寝てたのか？」

「うん。五時頃に目ェ醒《めさ》めて、風呂はそん時」

ハハ、と照れ笑いする鈴見は、確かに寝ていた時の服装からは変わっていた。

こちらは寝入りが遅かった分、そうしたことにまったく気づきもせず、鈴見に起こされてしまう体《てい》たらくだ。

「のんびりしてすまない。すぐ着替える」

「いやぁ？　ちょうどいいくらい。妹たちなんかはまだ寝てるし」

となると、男衆《おとこしゅう》はすでに動いているということだ。拝川はすぐに着替えを済ませ、鈴見と共に階下に下りた。

朝食は昨晩と同じ広間に通されたが、台所で動き回っている母親以外は誰もいない。やはり出遅れている。これで手伝いだというのだから、まったく情けない話だ。

「あ。焦《あせ》らなくていいからな」

こちらの気配を呼んだのか、鈴見が苦笑を見せる。

「お前はあくまでイレギュラーな手伝いだから。あれこれ言われても、邪魔にならなきゃそれでいいぐらいに思っといてくれ」

「あ……ああ」

さすがにそういうわけにはいかない気がしたが、右も左もわからない状況では、頷くよりない。

朝食を終えてすぐ、拝川は鈴見と二人、徒歩で田んぼへと向かった。

畦道《あぜみち》沿いに軽トラックが停《と》まっていて、男衆がすでに作業に取りかかっていた。

「じゃあ、拝川くんには軽トラから苗箱下ろしてもらおうか」

雄斗に手招きされ、トラックに積まれている苗《なえ》の入った箱を下ろすよう言われた。軽トラックの荷台に積まれた苗箱は、上段ともなるとなかなかの高さなので、この中で一番背の高い拝川が適任ということらしかった。

その後、拝川を起点にバケツリレーのように苗箱を移動させながら、畦沿いに定数ずつ並べて行った。それなりの面積があるため、あらかじめ植えやすい形にしておくと、植付の際、スムーズに行くようだ。

単純作業で助かったと思っていたのもつかの間、腕の上げ下ろしに体が悲鳴を上げ、拝川のペースが遅れ始めた。

「おい、何チンタラやってんだ」

二番手の雄斗から、苛立ちの一声が飛ぶ。

「すみません」

謝り、拝川なりにペース挽回《ばんかい》を図《はか》るが、それでも雄斗の納得できるスピードではなかったらしく、雄斗の場所と入れ替わるよう言われた。確かにトップが早いと、がらりと流れが変わる。

元来、せっかちな性格なようで、拝川の引き取りのタイミングがちょっとでも合わないと、雄斗は容赦《ようしゃ》なく怒鳴りつけてきた。それでも、スムーズな時は「よし」と満足げな顔を見せたりもするので、闇雲《やみくも》に苛立ちを見せているわけではない。拝川にとって、それは随分とわかりやすい態度だったため、最初感じていた緊張も徐々に解けていった。

「おいユウ兄！　もうちょっと気ぃ遣ってやってくれよ」

しかし鈴見は見かねたようで、何度目かに雄斗が怒鳴った際、とうとう口を挟《はさ》んだ。

「そいつ、田植えの手伝いなんて初めてだなんだって」

「だったら何だ。そんなことといちいち気ぃ遣ってられっか」

「ふざっけんな。休日返上で、わざわざ手伝ってくれてんだぞ」

「お前が連れて来たんだろうが」

「なんだと！」

ああ言えばこう言う雄斗に、鈴見が顔色を変える。

この口論《こうろん》のきっかけを作ったのは自分だ。わかっていたが、あまりに突然に喧嘩《けんか》が始まったので、拝川は呆気《あっけ》にとられてしまった。

「あーあ、兄貴たちにケンカさせちゃった」

背後の声に振り返ると、四男の景斗が無表情に兄二人を眺めている。

「……最悪」

チラ、とこちらに視線を向け、小さくぼやいた。原因はお前だと言わんばかりの露骨《ろこつ》な言動で、その通りだと感じていた拝川は、ただ頷くしかできなかった。

いつまでも言い争いを続けられては仕事にならないので、祖父が早々に二人にカミナリを落とし、喧嘩は強制終了となったのだが、鈴見も雄斗もお互いに納得がいかなかったようだ。

特に鈴見の怒りは顕著《けんちょ》で、その日の作業が終わり、家に戻ってきた後もずっと不機嫌さを引きずっていた。拝川が話しかけても短い返事のみで、あまり会話が続かない。

多分、問題が自分のことであれば、ここまで引きずってはいない。拝川のことだから、許せず怒っている——。鈴見はそういう男だ。

その晩、ひとり遅れていた鈴見家の長男、隼斗《はやと》がようやく顔を見せた。GWにも関わらず、仕事の接待ゴルフで身動きが取れなかったようだ。

隼斗が現れたことにより、夕食の場はピリリと引き締まったような空気が流れている。

「へぇ、わざわざ手伝いに。悪いね、どうもありがとう」

拝川が田植えの手伝いで訪れていると知り、隼斗は朗《ほが》らかな笑みを見せた。年齢は二十八歳とのことだが、長男だからか、はたまた既婚者だからか、年齢以上に落ち着いた雰囲気がある。

「——なんだ。お前ら、今日は元気ないな」

それもあってのことなのだろう——。隼斗は早々に、弟二人が普段と違うと気がついた。口数の少ない鈴見はともかく、雄斗は至って普通を装《よそお》っていたから、ちょっと驚かされてしまう。

「まったく、拝川くんが来てる時にそんな言い争いをして……失礼だと思わないのか。特に和斗。いい加減、その拗《す》ねた態度はやめなさい」

祖父から軽く事情を聞き出した隼斗は、やれやれと首を振った。穏《おだ》やかな語り口にも関わらず、隼斗の言葉には有無《うむ》を言わせない威圧感があった。

隼斗の言葉に、鈴見は一瞬、責めるような目を隼斗に向ける。一方、雄斗のほうは、ふう、と大きく息を吐き、軽く居住まいを正した。

「悪かった、拝川くん。その……なんだかんだ言っちまったけど、今日は予定より進んだし、助かった」

一応、後で言うつもりだったんだよ、と後ろ頭をかく雄斗の言葉は、兄から強要されたとはいえ、本心からのものに聞こえる。

「いえ、こちらこそ——」

「……だったら、その時にそう言えよな」

鈴見が拝川の言葉を遮《さえぎ》った。和斗、と諌《いさ》める隼斗の声を無視して立ち上がり、鈴見はそのまま広間から出て行ってしまう。

「――鈴見！」

すいません、と言い置いて、拝川は慌てて鈴見を追いかけた。

二階の部屋に入ると、鈴見はベッドに突《つ》っ伏《ぷ》していた。

「鈴見。俺のことで悪かった」

本来なら、雄斗とぶつかることも祖父や隼斗から注意されることもなかったはずなのに、自分が一緒についてきたせいで、こんなことになってしまった。それが申し訳ない。

「……もういい」

沈黙の後、鈴見がぼそりと呟いて体を起こし、ベッドの上に座った。

「明日、朝一番で帰ろうぜ。上の兄貴も帰って来たし、あんなゴチャゴチャ言われて手伝う義理はねぇよ」

投げやりな口調だ。拝川はベッドサイドに歩み寄り、畳の上に膝《ひざ》をつく。

「鈴見、俺のことなら平気だから」

拝川は鈴見の両肩を掴むと、じっと鈴見の目を見つめた。

「俺は本当に気にしてない。だからお前もあまり気にしないでくれ」

「は？　俺はユウ兄にムカついてるだけだ。昔っから横暴《おうぼう》なんだ。その癖、ハヤ兄にはまったく頭が上がらねぇのに」

「お前の前ではそうかもしれないけど、さっきは助かったって言ってくれた。俺にはあれが、その場しのぎのものだとは思えない。だから――」

「お前はどっちの味方なんだよ！」

鈴見が焦《じ》れたように喚《わめ》いた。「味方」だなんて子供じみた言い方をして、随分と感情的になっている。

「俺の前で、お前のことごちゃごちゃ言われ方されたくねぇんだよ。ホント、腹たつ」

吐き捨てるように言って、鈴見はプイとこちらに背を向けベッドに転がった。

それが理由だと、拝川も気づいている。何を言うべきか迷って、しばらくその背中を眺めていた。

鈴見が自分を案じ、気を遣ってくれているのはよくわかる。けれど鈴見が心配しているほど、この場所は居心地悪くはないし、手伝わせてもらった田植えも新鮮だった。だがそのことと鈴見の怒りは、また別物だ。そういう意味では、やはり自分は着いて来ないほうが良かったのだろう。

「……悪かった。お前の気持ちを蔑《ないがし》ろにするようなことを言って」

ややあって、拝川は鈴見の背中に声をかけた。

そっと背中に手のひらを触れさせると、鈴見が嫌がって後ろ手で払いのけられる。少し迷って、拝川は体を起こし、背中に覆《おお》い被《かぶ》さるようにして鈴見の肩を抱いた。

「なんだよ、やめろよ」

体をよじる鈴見に「やめない」と返し、拝川は腕の力を強める。そうして耳元に唇を寄せた。

「お前は俺が嫌な思いをしないか、心配してくれてたんだよな。それを……すまなかった」

「は？　そういうんじゃねーよ。俺はただ兄貴にすげームカついたってだけで」

鈴見は焦ったように早口でまくしたてる。

「そうか？」

拝川は少し体をずらし、鈴見の顔を覗き込んだ。少し顔が赤い気がするが、それは怒りのせいばかりではないだろう。

「結果的に俺のことで怒ってくれたわけだから、似たようなものだろう？　ありがとうな、鈴見」

「だから、違うって言ってんだろ……」

目をそらした鈴見は、ハア、と体の力を抜いた。それをいいことに、拝川はベッドの上に乗り上げ、鈴見の体を腕の中へと抱き込んでしまう。はからずも、ベッドで抱き合っているような格好になったが、もう鈴見の抵抗はなかった。

「帰るなんて言うなよ。これでも俺なりに楽しませてもらってるんだ」

「楽しむって、田植えを？　あんな嫌味ばっか言われて？」

腕の中、鈴見は本気で驚いたような表情を見せる。

「さっきも言ったけど、嫌味ばっかり言われたわけじゃない。思ってることをはっきり言ってもらえるほうが、俺も気楽だ。遊びに来たわけじゃないんだし、遠巻きにお客さん扱いされるよりはいい」

「……手伝いたいって言った時も思ったけど、お前、ほんっとに変な奴」

心底呆れているのか、鈴見の眉が八の字になった。だけどその直後、鈴見はくつくつと笑い出した。

「まあいいや。どうせ明日だけだもんな。俺も我慢すっかぁ……」

「ああ、そうしてくれ」

拝川は鈴見の鼻先をきゅっとつまんで、安堵の笑みを浮かべた。

鈴見の気持ちも落ち着いたことだし、そろそろ広間に戻ろうと、二人でベッドを下りる。

——ドンドン。

その時、鈍く襖を叩く音が響き、驚いた拝川はその場に立ち止まる。つられるようにして鈴見も足を止めたが、近づいてくる足音には、お互いまったく気づかなかった。

「……母さんが、ご飯どうすんのかって」

聞こえてきたのは、景斗の声だ。

「今から下りる」

鈴見の返事に、景斗の「わかった」というぶっきらぼうな声が返り、階段を下りていく足音が聞こえてきた。

「……なあ。景斗くん、いつから部屋の前にいたんだろう」

「なんで？」

拝川の疑問に、鈴見は不思議そうな顔を見せる。

「いや……もしかして、俺たちの会話聞かれたんじゃないかと思って」

「えぇ？　別に聞かれてたって平気だろ。そんなおかしなこと話してたわけでもねぇし」

確かに、それほど際《きわ》どい会話はしていない。だが昨晩、つい鈴見にキスしてしまったあの時も、部屋の前には景斗が立っていた。偶然なのだろうが、同じようなことが二度も続いて、それがなんだか気がかりだ。それを口にすると、鈴見が「大丈夫だって」と笑う。

「大体、あいつがもし何か気づいてるなら、絶対もっと大騒ぎしてる」

「そうか……」

拝川は景斗とはまだほとんど話をしていないし、鈴見のように彼のことをよく知っているわけでもない。だから多分、鈴見の言う通りなのだろう。それでも拝川の心の中には、何か漠然《ばくぜん》とした疑問と不安は残った。

「つうかさぁ、拝川」

ふと、鈴見がチラ、とこちらを流し見た。

「俺たちのことバレるの、気まずいと思ってるわけ？」

「当たり前だろう」

驚き、拝川はすぐさま言い返した。

「というか、気まずいとかそういう問題じゃない。お前の立場やお前の家族の気持ちを考えたら、とてもそんなことは――」

拝川の言葉に、鈴見はふうん、という顔を見せ、小さく肩をすくめた。

これがデリケートな話題であることは、鈴見自身もよくわかっているはずなのに、なんだかこともなげだ。

「――ま、別にいいんだけどさ。じゃ、そろそろ下行こうぜ」

気になったが、鈴見がそう言って立ち上がったので、拝川もすぐにその後を追った。


鈴見とふたり、広間に戻ると、テーブルの上の大皿料理はそのままに、広間はがらんとしていた。家族のほとんどは食事を終え各々《おのおの》の片付けをしたり部屋に戻ったりしていて、残っているのはだらだら飲んでいる長男、次男コンビだけになっている。

景斗の姿を目で探すと、続きの間でひとりテレビを眺めているのが見えた。拝川たちが広間に戻ったことには気づいているはずなのに、こちらをチラとも振り返らない。

鈴見は兄たちから少し離れた席に腰を下ろしている。まだ気まずさが残っているのだろう。

拝川も鈴見の隣に腰を下ろし、ふたりで残っていた大皿料理をつつき始める。

「……ちょっと、あっち行ってくる」

しばらくして、鈴見がふらりと立ち上がった。どこへ、と思って視線で追いかけると、隼斗と雄斗の間に割り込むようにして座り込んだ。

仏頂面をしているが、話しかける口調は軽い。

拝川は思わず口元を緩めた。ついさっきまで険悪なムードが漂《ただよ》っていたのが嘘みたいだ。

自分の育った環境とはあまりに違って、なんだか不思議で微笑《ほほえ》ましい。

今まであまり、自分はもちろん、他人の家族関係について考えたことなどなかった。鈴見と付き合うようになって、鈴見の人となりを知り、今は彼の育った環境が知りたいと思う。同行を申し出たのは、鈴見と一緒にいたいという不純な動機からだが、いざ訪れてみると、鈴見のルーツである家族たちのことも知りたくなった。

「ほっとかれてるね……」

ぼそりとした呟きが聞こえ、景斗がすっと隣に腰を下ろしてきた。突然のことに、拝川は驚いて景斗を見返す。家族のことを知りたいとは思いつつも、景斗に対しては、先程のこともあって、少しばかり緊張を覚える。

「なあ。拝川さんは、なんで田植えの手伝いなんかする気になったんだ？　カズ兄に頼まれたのか」

「いや……。この連休、特に何の予定もなかったから、俺のほうから買って出たんだ」

変に勘ぐられたくはなくて、拝川は言葉を選びながら返した。すると景斗は、「へえ」とどこか冷めた視線をこちらに向けてくる。

「変わってるね。田植えなんかしんどいだけなのに。それに、東京の人なんでしょ。予定がないって言うけど、実家に戻らなくて良かったの」

「うちは、両親が海外だから……」

厳密には父親だけが海外出張中だったが、すべて伝える必要はないだろう。

「ああ……、だからカズ兄にくっついて来たんだ」

覇気のないぼそぼそとしたしゃべりに誤魔化《ごまか》されているが、言葉の端々《はしばし》に、何か棘《とげ》のようなものを感じる。

「カズ兄が帰って来たの、正月以来だよ。あの時、久しぶりに帰って来たのにとんぼ返りで……同じアパートの同僚が一人で淋《さび》しい正月過ごしてるからって言ってた。あれって、もしかして拝川さんだった？」

「ああ、うん……そうだと思うよ」

あの時は、鈴見の気持ちが本当に嬉しかった。

瞬間、景斗はキッと拝川を睨みつけてきた。

「じゃあ、あんたのせいだ。……カズ兄は今までずっと、家族を一番に考えてくれてたんだぞ。それが今は、仕事、仕事って。たまの休みだって、職場の友達とばかりつるんでてさ」

『職場の友達』と口にしたところで、じろりと視線を向けられる。喚いたりはしないものの、早口の景斗はひどく感情的になっていた。

――これは……。

おや、と拝川は目を瞬かせる。景斗の気にしていることが何なのか、ようやくわかった気がしたからだ。

「今日だってあんた庇《かば》って、兄貴たちとやり合う羽目《はめ》になっちゃったし、普通さあ、帰省する友達にくっついてくるもの？　あんた、ほんっと図々しいよ。あんたのせいでカズ兄、家族とゆっくりする暇もないじゃないか」

「それは、俺も申し訳ないと思ってる」

拝川は、兄たちと談笑中の鈴見に目を向けた。

今は和やかに笑い合っているが、雄斗との喧嘩を引き起こした原因は、拝川にある。ここに自分が来なければ、そもそも言い争いになることもなかったわけで、つまりは景斗の言う通りだった。

「本当に？」

「ああ」

「だったら……明日はあんただけ先に帰ることにして、兄貴にはここに残るように言ってくれよ」

「……」

拝川は景斗をマジマジと眺めた。どうやら、それが言いたくて話しかけて来たようだ。

――なるほどな。

道理で、言葉の端々に棘があるわけだ。

今まで家族――自分に向けられていた兄の関心が、拝川に移ってしまったと感じて、嫉妬《しっと》している。景斗にとって拝川は、『田植えを手伝いに来た兄の友人』ではなく、『兄の関心を奪う邪魔者』という認識なのだろう。

部屋の前に立っていたことも、邪魔者である拝川を警戒してのものだったのかもしれない。

己《おの》れの心配が杞憂《きゆう》であって良かったと安堵《あんど》する。

同時に、実はお兄ちゃんっ子気質だった景斗に対し、拝川は素直に微笑ましさのようなものを感じた。

しかしその時――。

「――おい景斗、お前今、なんつった？」

ピンと張り詰めた声が響いた。見れば、鈴見が仁王《におう》立ちの状態で、自分と景斗を見下ろしている

「か……カズ兄」

突然のことに、景斗はうろたえたように立ち上がった。

「何話してんのかと思って来てみれば……最悪だな、お前。言いたいことあるんなら、俺に直接言えよ」

「……っ」

景斗は何か言おうとして、口を開きかける。しかし何も言えず、ただぎゅっと拳《こぶし》を握りしめた。

一瞬後、バタバタと逃げるようにして、広間を飛び出して行った。

鈴見は突っ立ったまま、気まずそうにこちらを振り返る。

「悪かったな」

「鈴見、俺は気にしてないから」

拝川は慌てて、そう声をかける。

「景斗くんに、ちょっと話を聞いてみろよ。何もないのに、ああいうことは言わないはずだろ」

「何もないのに言ってるから、最悪なんだろ。とにかく、お前はもうあいつのこと、気にしないでいいから」

「だけど――」

景斗が拝川に噛《か》みつくのは、兄を想うがゆえのものだし、それがわかれば納得こそすれ、特別、気にはならない。むしろ景斗のほうが断然ダメージが大きいはずで、拝川は気まずさを感じていた。

その後はさすがにだらだら飲んでいる雰囲気でもなくなって、台所の母親や兄二人に挨拶をして、広間を後にした。

「ったく、ゴチャゴチャ言うのはユウ兄だけにしてくれってんだ。何が気にくわないんだか」

部屋に入るなり、鈴見はごろりとベッドに転がった。

「景斗くんの場合は……単にお前に構ってもらえないのが淋《さび》しいだけなんじゃないか」

「は？　高一にもなって、淋しい？」

「そう言うなよ」

身も蓋《ふた》もない表現に、拝川は苦笑を漏《も》らす。これでは景斗の想いが浮かばれない。

「なあ、鈴見」

拝川はベッドの側で膝を折り、鈴見を覗き込んだ。

「ちょっと考えたんだが――明日、作業が終わり次第、俺だけ先に帰ろうと思う」

「は？　なんでだよ」

鈴見は眉を寄せ、むくりと起き上がる。

「景斗くんのことだ。やっぱり、ちゃんと仲直りしておいたほうがいいと思って」

「仲直りって、そんな大袈裟な。あいつ、今はなんか拗《す》ねてるだけでさ、どうせ次会った時は、けろっとしてるよ」

拝川は何も、景斗に言われたから帰ると言っているのではない。景斗の本心がわかったから、あえて身を引こうと思ったのだ。

「そうかもしれないけど……なんか、原因が自分にあるかと思うと、さすがにちょっと複雑でな。俺には兄弟がいないから、そんな風に自分を慕《した》ってくれる存在もいないし、両親とだって、あまり交流がない。でもお前は違うだろ。……俺は今回、お前の家に来て、お前の家族と交流を持って、ああいいな、って思ったよ」

両手を伸ばし、拝川は鈴見の肩先を掴んだ。

「俺のことでお前が家族とギスギスしたままなのは、俺が嫌なんだ。だから鈴見、頼む」

まっすぐ見つめると、鈴見は居心地悪そうに目をそらした。沈黙が続き、やがて鈴見はハア、と大きく息を吐き出した。

「――ああもう、わかった。わかったよ……」

呟き、鈴見は根負けしたように項垂《うなだ》れる。

「ちゃんと、あいつと話す。……それでいいだろ?」

鈴見の言葉に、拝川は「ああ」と頷いた。

「じゃ、行くぞ」

言って、和斗が立ち上がった。

「……俺も行くのか?」

景斗からしてみれば、自分は顔も見たくない存在のはずだ。さすがに自分はいないほうが良いのでは、と思う。

「まとめて話したほうが早いんだよ。淋しいのか何なのか知らねぇけど、あいつがお前にひどいこと言ったことも事実だし」

「俺は気にしてないけどな」

「だからって、いいってことにはならねぇから」

鈴見がふと、真面目な口調でそう言った。

——へえ。

いつもの鈴見よりやや大人びた、兄貴らしい顔つきがやけに新鮮だ。こんな状況にもかかわらず初めて見る鈴見の表情に、つい頬が緩んだ。

「わかった」

頷き、拝川は鈴見と共に景斗の部屋へ向かった。

「景斗、入るぞ」

声をかけるなり、鈴見は返事も待たずにがらりと部屋の引き戸を引いた。

臨時で雄斗と二人部屋になっているため、部屋の中央に布団が敷かれている状態だ。ひとりそこでフテ寝をしていた景斗は、いきなりのことに、唖然《あぜん》とした顔でこちらを見上げている。

「な……何、入って来てんだよ」

「いやな、お前とちょっと話をしようかと……」

慌てる景斗に対し、鈴見は落ち着いた表情だ。中にゆっくりと足を踏み入れると、布団の前に腰を下ろす。

「つうか、その人関係ないじゃん。連れてくんなよ」

「けどさあ、お前さっき、こいつに帰れとか言ってただろ。その辺、何でなのかちゃんとこいつ交《まじ》えて話したほうがいいと思ってさ」

「話すことなんかないって」

景斗としては、話し合うも何も、拝川さえいなくなれば万々歳《ばんばんざい》なのだ。それこそ、余計な世話だろう。しかし拝川もまた、そっと中に入って襖を閉めた。ただ、それ以上は近づかずに立ったまま戸口の柱に背を預ける。

「俺はさ、今は一緒に住んでねぇから、ちょっと前までみたいに全部が全部、わかってやれねぇの。だから面倒でも、口に出して言ってくれよ」

「別にいい！　今のカズ兄に俺の気持ちがわかるとは思わないし」

同居していないことを理由にされ、景斗はますますむくれた。

「何でだよ。まだ話してもねぇのに」

ハア、と呆れ声を出しつつも、鈴見にはまだ気持ちの余裕があるように見える。同じ兄弟喧嘩でも、雄斗と喧嘩した時とは全く違う雰囲気が漂っている。そもそも話を聞くというスタンスでこの部屋を訪れているから、あえて受け身の姿勢を取っていることもあるのだろう。

「大体、今回の田植えだって、本当は嫌だったんだろ。母さんから、カズ兄は最初、帰って来る気がなかったって聞いてるんだからな」

別にいいと言いながら、景斗は早くも恨《うら》み節《ぶし》を口にしている。

「けど帰って来ただろ。悪かったって、お前らの苦労も考えず。今後はもうちょっと、気にして帰れる時には戻って来るようにするから」

「適当なこと言って。カズ兄は、結局何も考えてないんだ！　考えてたら、この忙しいのに、友達連れて来たりしないだろ」

「それは――」

鈴見は一瞬、こちらを振り返って、うーん、と首をひねった。鈴見はそもそも、拝川を連れて来るつもりなどなかったのだ。だがそうとも言えず、困ったように肩をすくめる。

「――景斗くん」

迷って、拝川は口を挟んだ。

顔を上げた景斗が、ものすごい顔で睨み付けてくるのがわかる。

「さっき、君に聞かれた時にも言ったと思うけど、今回は俺が無理を言って連れてきてもらったんだ。鈴見は最初、無理だって断ったんだよ」

鈴見もこちらを振り返る。苦笑いをして、言わなくていいのに、という表情だ。

「今回は、何も考えずにくっついて来てしまって、君の兄さんにも、君にも、他のご家族にも、いろいろと迷惑をかけてしまったと思う。だからそれは、俺も謝りたい。……すまなかった」

言葉を切り、相変わらずこちらを睨み付けたままの景斗に頭を下げる。

「でも俺は、今回、ここに来て良かったと思ってるんだ」

しかし拝川は、すぐに煽るような言葉を続けた。

「な……っ」

バカにされていると思ったのか、景斗の目の色が変わる。拝川は「まあ、聞いてくれ」と手で制するようなポーズを取った。

「俺はひとりっ子だし、両親ともそれほど親密な関係ではないんだ。だから、君たち兄弟が揉めて喧嘩したり、拗ねたり、甘えたりし合う姿に触れて、大変だと思う反面、いいなとも思った。それに、俺が知っている鈴見は、君の見ている兄さんとはなんだかちょっと違うんだ。もちろん、雄斗さんたちと話している時も。さっきまで怒っていたのに、すぐ後には笑い合ってたりして、正直、君たち兄弟の仲って本当にすごいんだなあと実感させられた」

「なんだよ急に。気持ち悪いな……」

景斗が悪態《あくたい》をつく。しかし言葉には先程までの勢いはなく、視線もまた気まずそうにそらされた。

鈴見もこちらを見ていて、なんだか居心地悪そうな顔つきをしている。もしかすると、茶々《ちゃちゃ》のひとつも入れたいと思っているかもしれないが、それでも口を挟まないのは、鈴見なりに空気を読んでいるのだろう。

「だから多分、今回だってこんな風に話し合いなんて、本当は必要ないのかもしれない。だけど、また鈴見の仕事が始まって、しばらく離れてしまうだろう。さっき、鈴見は帰るようにするって言ってたから前よりはマシだろうけど、それでも――」

「そうだよな。せっかく帰って来ても、あんたみたいなのがくっついて来るかもしれないし」

ぼそっと突っ込まれたが、やはり雰囲気は随分と和《やわ》らいでいる。拝川は思わず、苦笑を浮かべた。

「とにかく、俺が言いたいのは、君がずっと思って来たことを、今ここで洗いざらい伝えたほうがいいってことだ。君の兄さんだって、そのつもりでここに来たんだから。なあ、鈴見」

呼びかけると、鈴見が「ああ、うん」と、思い出したみたいに大きく頷いた。そうしてわざとらしく咳払いをした後、膝をずらして、今よりもう少し景斗の側ににじり寄る。

「とりあえずさ、今後はもうちょっとマメに顔出すようにするから。あと、電話もな」

「……無理しなくていいし」

この期《ご》に及《およ》んでまだ拗ねた顔を見せる景斗に、鈴見は「またまた」と言ってからりと笑う。

「言ってることと考えてることにギャップありすぎなの、お前は。だから——」

鈴見はいきなり、景斗の体をぎゅっと抱きしめた。

「ちょ……」

景斗は目を白黒させ、固まっている。拝川もまた、突然のことにポカンとなった。

「カズ兄、やめろよ。こ……こんなこと、今までしたことないじゃん」

景斗はうろたえたような声を上げるが、鈴見はしばらくの間、そうして景斗の体をずっと抱きしめていた。最初は嫌がっていた景斗だったが、もがいてももがいても鈴見が体を離そうとしないので、ついには諦めてされるまま大人しくなった。

拝川は最初、その光景を本心から微笑ましいと思ってそれを眺めていたのだが、次第に自分の笑みが強《こわ》ばってくるのを感じた。単なる親愛を示している抱擁だとわかっているのに、少しばかり面白くない。——いや、少しばかりどころか、かなり気にくわない。

だが、それからしばらく——ようやく抱擁を解いた直後の鈴見表情を目にして、そんな小さな嫉妬もあっさりと吹き飛んだ。柔らかな、慈愛《じあい》に満ちた笑顔だった。どきりとして、なんだか目が離せなくなってしまう。

鈴見が兄弟たちに慕われる理由を、目の当《ま》たりにした気分だった。

「どうした、拝川」

振り返った鈴見が、キョトンとした顔でこちらを見ている。

拝川はこの時、嫉妬から感動、そして愛情といった感情を一度に感じ、泣き笑いのような表情になっていた。鈴見の顔を見た瞬間、強い感情の昂《たか》ぶりを覚えたが、景斗のいるこの場所ではまさか惚《ほ》れ直したなどと言うこともできず、拝川はただ「いや……」とかぶりを振るだけだった。

景斗は相変わらずふて腐《くさ》れたような顔つきだったが、それでもさすがに気持ちは充分、落ち着いたようだ。

「……拝川さん、さっきはごめん」

部屋を出る直前、小声で謝ってきたので、拝川はわかっているというつもりで、大きく頷いてみせた。


翌日、田植えの残り作業は午前中のうちに片付いた。例年よりも半日ほど早まったとのことで、素人同然の拝川でも、いくらかは貢献できていたらしい。

鈴見家での最後の食事は、打ち上げを兼ねた昼食会となった。

田植えが完了した開放感に、皆の気持ちが軽くなっているのがわかる。昨晩までギスギスしていた景斗との関係も落ち着きを見せ、この三日のうちで最も賑やかで楽しいひとときとなった。

そのせいか、昼過ぎには家を出る予定だったはずが、気づけば夕方になっていた。

『……カズ兄のこと、よろしく』

鈴見が祖父母に挨拶しに行っている間、そそくさと近づいて来た景斗が早口にそんなことを言ってきた。

『もちろん。俺もまた、遊びに来てもいいか』

『え。……うん、まあ……たまになら』

この流れならば素直に頷いてくれるかと思ったら、そこは手厳しい。いそいそと逃げるように離れて行く景斗の姿に、拝川は苦笑を浮かべた。

電車内は連休中日ということもあって、行楽《こうらく》帰りのファミリーやカップルが多く乗り合わせていた。車両連結部のデッキに人気《ひとけ》がなかったため、ふたりでそのスペースに入り込んだ。

「そういえば、景斗くんがよろしくって言ってくれたぞ」

「マジかよ。調子いいなあ、あいつも」

そう言いつつも、鈴見は嬉しそうだ。

「まあ、俺もちょっと、お前の実家だって言うのに、いろいろと奔放《ほんぽう》に振る舞いすぎてた。本来ならもっと気をつけないといけなかったのに」

「……別にいいんじゃねぇの」

「――え」

意味がよくわからなくて、拝川は鈴見を見つめた。

「別にカミングアウトしなきゃとか、そういうことじゃないんだけどさ。なんか、自然な流れでバレることもあるんじゃないかと思って。なのにお前、妙に気にして焦ってるしさ。正直、ちょっとだけムカついてた」

「それって……」

だから鈴見は昨晩、拝川に「気まずいのか」と聞いてきたのだ。

「俺なんかはもう、そうなったら全部言っちまえばいいかって気持ちなのに、そんなバレちゃだめなのかよーって」

「いや……それは、駄目だろう」

あまりにさらりと爆弾発言をされて、拝川は柄にもなく変な声が出そうになった。

「なんで。だってさあ、その時はもう、バレちまってるんだぜ。だったらもう、無理に隠さなくてよくないか？　……少なくとも俺は、今回お前連れて実家に帰ってみて……なんかそう感じたよ。……とかって、別にそんなことにはならなかったんだけどなー」

「……」

──驚いた。驚きすぎて何を言っていいのかわからず、拝川はただ、隣に立つ男をまじまじと見つめる。つき合い始めの頃、関係を隠しておきたがっていたのは、むしろ鈴見のほうだ。それがいつの間にか、こんなにも気持ちがすわっている──。

「なんだよ、急に黙って」

鈴見はなんだか困ったようにきゅっと口を尖《とが》らせる。

その様子があまり可愛らしくて、拝川どうにも鈴見と目を合わせていられなくなってしまう。

なぜだかじわじわ顔が熱くなってきてしまって、拝川はごまかすように呟くと、少しだけ鈴見から離れた。そうでもしないと、目の前の体を今にも抱きしめてしまいそうだった。

「なんか、暑いな」

「そうだな、なんか暑いかも」

うつむき加減の鈴見も、心なしか顔が赤いような気がする。

拝川は焦ったように手の甲で額《ひたい》の汗《あせ》を拭《ぬぐ》った。落ち着かない気持ちで窓の外に視線を向けると、日が暮れ始めていて、空がきれいなオレンジ色に染まっている。まだこの辺りはビルが少ないからか空も高く、何とも言えず綺麗な光景が広がっていた。

「鈴見、外見ろ」

瞬間、羞恥も忘れ、拝川は思わず外を指さした。

「おぉ……」

素直に感動して、窓に張り付く鈴見の姿に、拝川は薄く目を細める。

——この男を好きになって、本当に良かった。

もちろん、自分ばかりが好きというのではなく、鈴見からも充分過ぎるほどの気持ちを返してもらえている。これ以上の幸せはないと思った。

中途半端な時間に昼食を取ったので、最寄り駅についた時には、お互い小腹が減っていた。そのため、駅前のラーメン屋に立ち寄り腹ごなししてから、アパートへと帰ってきた。

明日一日、まだ休みがあるからか、はたまたもうすでに眠ってでもいるのか、アパートのほとんど部屋は明かりがついていない。

「はー、疲れた。じゃあな、拝川」

「ああ。また明日」

片手を上げ挨拶すると、鈴見はだるそうに階段を上がって行く。

確かに疲れもするだろう。体力を使う田植え作業に、二日連続の宴会騒ぎ、寝る時は拝川と共同という、まったく気の休まらない三日間だ。客気分のあった自分とはまた違った疲労を感じているはずだった。

シャワーを浴びてソファに座った途端、拝川の疲れもピークに達して、しばらくの間、まともに動くことができなかった。

明日は何もせず、二人で過ごすのもいいな――そんなことを考えながら、うつらうつら居眠りをしていると、不意に、扉をノックする音が響いた。

「よぉ。寝てた?」

「ちょっとだけ。でも目が覚めた」

鈴見は部屋着姿になっており、腕には缶ビールを抱えている。

拝川は笑顔を見せると、鈴見を部屋に迎え入れた。疲れているのではないかと、変に気を遣ったりしないところが、いかにも鈴見らしくていい。

「えーと、今回はいろいろありがとな」

向かい合って缶を軽く合わせるだけの乾杯した後、鈴見は気恥ずかしそうに礼を口にした。

「いや、礼を言われるほど役には立てていない」

「そんなことねぇよ。お前、上背あるからそこそこ力もあるし、充分助かってたよ。苗箱の上げ下げみたいな体力勝負の単純作業が、一番しんどくてさ」

「もしも迷惑でないなら、また来年も行きたい」

「え、マジで。俺は出来れば来年こそは手伝いから逃げて、お前と旅行とか行きたいんだけど」

「……なるほど」

確かにそれも魅力的だ。だがその気になれば、他の連休があるのだから、何もGWでなくてもいいはずだ。

「ま、うちの家族たち皆、お前のこと気に入ったみたいだから、行くのはいつでも大丈夫だと思う」

「景斗くんもか」

「平気だろ。……つうかさあ、その名前呼び、スゲー気になるんだけど」

「え？」

「景斗くん、ってヤツ。しょうがないんだけど、俺以外のことは皆名前呼びじゃん？　あれ、なんかモヤモヤして……」

拝川は思わず鈴見を見返した。

全員「鈴見」なので、他に呼びようもないのだが、それをモヤモヤするというのはつまり
——そういうことなのだろうか。

「……もしかして、嫉妬してるのか」

「はァ？」

それ以外に考えられなかったが、認めたくないのか、鈴見は「んなわけねーだろ」と呆れ声を上げた。

「けど、付き合ってんのは俺なのに、なんで俺だけ苗字《みょうじ》のままなんだよって思うじゃん。呼ばれた回数で言えば、圧倒的に景斗が多かったと思うし……」

気まずそうに唇を尖らせる鈴見に、拝川はつい吹き出してしまう。

「なんだよ、バカにしやがって」

「バカになんかしてないぞ。ただ、お前がそんなに気にするのなら、いっそのこともう名前で呼んだらいいのかと思って」

「べ……別に、強制するつもりはないぞ。絶対、慣れないから」

気にしている癖に、そんな言い方をするものだから、拝川はますます愉快な気分になる。可愛い男だ。情が深くまっすぐで、本当に可愛い。

「だったらすぐ慣れるよう、ずっとそう呼ぼう。……和斗」

たかが名前だ。だけど、呼んだ瞬間、鈴見への気持ちが自分の中でじわりと膨《ふく》らんで、愛しくてたまらなくなる。

「バ、……バカ、お前」

どうにも照れくさくて仕方がないのだろう。鈴見の顔が、みるみる赤く染まっていく。

拝川は立ち上がると鈴見の隣に腰を下ろし、そっと鈴見の手を取った。

鈴見はハッとしたようにこちらを見る。酒のせいか、目が潤《うる》んでいて、拝川の目にはやけに色っぽく映《うつ》った。

「和斗」

もう一度名前を呼ぶと、鈴見がまた照れたように目を伏せる。眦を下げ、拝川は愛《いと》おしげにその顔を覗き込んだ。

小さな頤《おとがい》に手をかけ、ゆっくりと顔を上げさせる。

上気して赤くなった頬、潤んだ瞳――普段の鈴見からは想像もできないような顔つきに、知らず、唇からはは深いため息を漏れ出た。

見つめ合ったまま、吸い寄せられるようにして唇を合わせる。軽いそれを何度も繰り返し、時折、唇を甘く食むようにすると、鈴見の唇から吐息のような声がこぼれ出た。その隙間を縫《ぬ》うように、唇の合わさりに舌先を滑《すべ》らせる。

「……ふ、っ」

鈴見の背中が大きく跳《は》ねて拝川はその背をそっと撫でた。

「和斗、いいか?」

耳元に囁くと、真っ赤になった首筋が小さく揺れた。

鈴見の体をベッドまで運び、横たえる。

見つめ合いながら、鈴見が着ていたTシャツを脱がし、スウェットも膝までずり下ろした。膝下に引っかかったそれを、鈴見が足で器用に蹴って脱ぎ落とす間に、拝川は自身の衣服も全部脱ぎ去った。

鈴見に覆い被さると腕で頭を抱え込み、真上からゆっくりと口づける。優しく舐《な》めるようにした後、拝川は舌先で鈴見の唇の合わさりを割り、口内へと忍《しの》ばせた。

「……っ、ん」

歯裏を舐め、上顎《うわあご》の裏側を舌でつつくようにすると、鈴見がかすかな声をあげる。まだ体が強ばっている。こうして抱き合うたび、鈴見は自分との行為に少しずつ慣れていってくれているが、最初のうちはいつもこんな感じだ。

拝川は両手を鈴見の体に回し、ぎゅっと抱きすくめるようにした。

腰や背中を優しく撫で、そうしながらなおも口腔を愛撫《あいぶ》し続ける。何もかも無意識だとわかっていたが、少しでも鈴見の緊張が解ければ良いと思った。

散々熱い口内を味わった後、鈴見の控えめな舌先を捉え、じゅっと吸い上げる。

「ふ、っう」

鈴見は声を上げ、びく、と背をそらせた。拝川はその背をぐっと引き寄せ、いったん唇を離し鈴見の顔を見つめた。

上気した頬、伏せた目、震える睫毛に濡れた唇――拝川の目にそれらは、何とも艶《なま》めかしく映る。普段のサバサバした印象とはかけ離れて、こんな鈴見のことは、きっと家族たちが一生知ることのないものだ。

愛おしさがこみ上げ、拝川は頬やこめかみ、耳の後ろに何度も唇を這わせた。途中、鎖骨《さこつ》を甘く噛んだりして、少しずつ触れる先を下側へと移動させていく。

「あぁ……っ」

それまで声を噛んでいた鈴見だったが、拝川が唇と指で両胸の突起に触れた途端、びくびくと体を震わせた。舌先と指先で同時にこね回すようにすると、そこはすぐにぷくりと硬さを持った。

「あ、っ……あっ」

ジンと広がる疼痛《とうつう》に、気づけば鈴見は腰から下をよじるようにして両足を閉じている。拝川は内股に手をかけ、それを強引に開いた。

「……っ」

かすかに呻き、鈴見が腕を交差させ顔を隠す。

鈴見のものはゆるい勃《た》ちあがりを見せており、それが恥ずかしくてならないようだ。

拝川はさらに体をずらし、鈴見のそれに手を這わせ、先走りの滲《にじ》む先端をそっと口に含んだ。

鈴見が嫌がるように、伸ばした指先で肩先をひっかいた。

鈴見はどうも、この行為が苦手のようだ。恥ずかしくてどうにかなってしまいそうになるらしい。対して、拝川のほうはこれを気に入っていた。

鈴見のそれが硬く力を持ち、先端からとろとろと先走りを走らせながら、最後、勢いよく弾ける——それは自分の愛撫がちゃんと鈴見に伝わっている証拠で、その反応のひとつひとつが愛おしくてならなかった。

「はい、かわぁ」

非難混じりの、少し舌っ足らずな声——そんなものは、かえって拝川を煽《あお》るだけで、少しも抑止力にはなりはしない。拝川は何も聞こえないふりで、口内のそれを舌先でじりじりとなぞった。

「あ……っ、ああっ」

張り出した部分の裏側から割れ目までをぞろりと舐め上げ、溢れる先走りを舌と指先ですくい取りながら、張り出した部分から竿にかけ、塗り込めていく。ぬるぬるになったそれを再び口内に含み、拝川は唇をすぼめるようにして上下させ始めた。

「ん、んっ、……っ、んぅ……」

ジュッと吸い上げるようにすると、鈴見の腹や股が痙攣《けいれん》したみたいに震えて、むずがるような声を上げた。

「……」

少し迷って、拝川はいったん愛撫の手を止めた。いつもなら達するまで責めるところだったが、今日はなんだか、拝川のほうがそこまで我慢できそうにない。

慌ただしくベッドサイドのボックスからジェルを取り出すと、それを自身の手指にたっぷりと垂らす。その手で鈴見の片足を抱え上げ、大きく開かせた。

「ふ……あ、っ」

ひんやりとした感触に、鈴見が体を震わせる。

鈴見のものは垂らされたジェルと先走りに濡れそぼり、あふれた滴《しずく》がとろとろと後ろにまで届いている。

拝川は鈴見のものへの愛撫を再開させ、もう片方の手で後ろまで垂《た》れた粘液《ねんえき》をかき集め、後孔《こうこう》へと塗り込めていく。

「あっ、あっ、……うぅ、ん……っ」

静かな室内に、くちゅくちゅ泡立った音、そして鈴見のくぐもった喘《あえ》ぎ声が響き渡る。

腕で顔を覆ったままの鈴見に焦れて、拝川は体を屈《かが》め、キスをねだる。唇が薄く開いた隙間に舌先を滑らせ、拝川はそのまま深く貪るようなキスをした。

前と後ろを同時にいじり回され、口内の弱い部分をも荒々《あらあら》しく蹂躙《じゅうりん》されて、鈴見はもう、顔を覆っていることもできなくなったようで、腕はだらりとシーツに投げ出されている。しかしよく見れば、目尻には幾筋《いくすじ》もの涙が伝っているのがわかった。

——しまった。

拝川は背後から鈴見の体をぎゅっと抱きしめる。何も、こんな風に追い詰めるつもりはなかったのだ。

「すまない。ちょっと我慢がきかなかった」

囁くと、鈴見が胸元でゆるゆると首を振った。

「いーよ、もう。どうせこんなの、生理的なもんだし……」

そうは言っても、やはり気まずい。拝川は手で優しく涙を拭い、頬にそっと口づける。すると、鈴見のほうから拝川の首元に腕を回してきた。

「鈴見」

「いい。……大丈夫だから」

拝川の耳元に、かすれ声が吹き込まれる。

無自覚なのだろうが、その声はひどく蠱惑《こわく》的な響きがあった。

あっさりと煽られた拝川は、再び鈴見に口づける。口腔内を荒々しく貪《むさぼ》るうち、拝川のものもグンと力を持ち始める。口づけの合間、片手でちょっと扱いただけで、腹までつきそうなほどに反り返った。

もう一度、鈴見の後ろに指先を触れさせる。

「んっ……」

違和感に体を震わせつつも、鈴見のそこはぬめりに助けられ、あまり抵抗なく指先を飲み込んでいく。埋めた指をゆるゆると前後させ、入り口の部分を念入りにほぐした。

鈴見は拝川の首筋にしがみついたまま、浅い呼吸を繰り返す。そんな鈴見の首筋や肩先に、拝川は何度もあやすようなキスを落とした。

思えば、こんな体勢で抱き合うのは初めてかもしれない。身動きは取りづらいが、こうしてきつくしがみつかれていると、それだけ鈴見に強く求められているような気持ちになる。

正直、悪い気はしなかった。

「和斗……このまま、入れてもいいか」

そっと尋ね、指先で後孔のまわりをぐるりとなぞる。時間をかけほぐし続けてきたので、そこは随分柔らかくなっていた。

「……っ、いちいち聞くなよ……」

鈴見がしがみついたまま、小さく毒づく。内心、恥ずかしくてたまらないのだ。

密着し過ぎていて表情まではわからないが、耳も首筋も赤くなっていたから、きっと顔も同じことになっているはずだ。

それにしても、今日はいつも以上に反応が敏感な気がするが、ひょっとして、鈴見のことを名前で呼ぶようにしたからだろうか。

——だったら、興奮するな……。

無意識に舌舐めずりをして、おもむろに鈴見の尻を抱え上げた。そうしてしがみつく鈴見の体を浮かせ、ひくつく後孔に己れのものをあてがった。

「うぅ、っ、あ……」

うめき声と共に、首筋に回されている腕の力が強まる。先程まで弛緩《しかん》していた体は、再び強ばりを見せた。

「和斗、大丈夫だから」

囁きかけ、拝川は背筋や首筋に何度もキスをする。そうして鈴見の腰を掴み直し、下側からねじ込むようにずぶずぶと己のものを埋めて行った。できるだけゆっくりと挿入するつもりが、体勢のせいで加減がきかず、途中、一気に奥深くまで突き入れてしまう。

「……っ、あぁ！」

瞬間、鈴見が高い声を上げ、のけぞった。慌てて腕を伸ばし、倒れかけた鈴見の体を抱え直す。

「ちょ、……あ、っ」

だが、深く繋がっている分、拝川の動きがそのまま中に刺激として伝わるのだろう。

「ふ……っ、う……」

鈴見は声を噛み、縋《すが》るみたいにきつくしがみついてくる。体の強ばりを少しでも解いてやりたくて、拝川は何度も優しく背中を撫でた。そのうちに、少しずつ鈴見の呼吸が落ち着いてくる。

「和斗、平気か？」

呼びかけると、鈴見がようやく顔を上げる。瞳にはじわりと涙が浮かんで、鼻先も真っ赤になっていた。

「平気……だけど、なんか奥、スゲーくる……」

呟き、鈴見はとろんとした眼差《まなざ》しを向けてきた。

ひどく感じ入っているのが伝わってくる。

拝川は再びこめかみや鼻先、頬から交互にキスを繰り返し、最後に唇を塞《ふさ》いだ。

舌先を絡め合いながら、また胸の突起を弄《いじ》りまわす。そのうちに鈴見の体は力を失い、拝川の腕の中、浅い息を吐きながら、小さく体を震わせ始める。

「ん……っ」

——頃合いだ。

拝川は鈴見の腰を掴み抱え上げるようにしながら、その腰をぐっと引き寄せた。

「っ、んーーっ」

拝川のものがズン、と奥深くに沈み込み、その感触に鈴見は背筋を大きくのけぞらせる。

「平気か？」

拝川の問いかけに、鈴見は声もなく首を振った。

声が届くようで良かった。拝川はホッとして、また鈴見の腰を抱え上げ、先ほどとまったく同じ行為を繰り返した。

「……っ、うう……」

奥深くまで穿たれ、鈴見はぶるぶると小刻みに体を震わせ続けている。時折、拝川のものをうねるように締め付けてくるのが、たまらなく気持ちが良い。

しかし、その緩慢《かんまん》な動きに、拝川は次第に焦れ始めた。

できるならばもっと、激しく腰を打ち振るって鈴見の体の奥の奥まで味わい尽くしたい――そんな欲望が溢れてくる。

「っ、く……」

呻いて、拝川は体が繋がったままの状態で、鈴見の体をひっくり返し、ベッドの上に仰向《あおむ》けに押し倒した。

「えっ、ちょ……っ」

焦ったような鈴見の顔が目に入ったが、拝川は構わずその足をすくい上げ、軽く腰を引くと、再び深い部分まで突き入れた。

「ああっ――」

悲鳴が上がったが、間髪《かんはつ》入れず、拝川はじりじり腰を動かし始めた。鈴見の腰を前後に激しく揺さぶると、拝川のものが中でゴリゴリと擦れ、ひどく気持ちが良い。中が泡だって、繋がった部分からは、はしたない水音が響いた。

「あ、あ、っ、ああ、やだそれ」

鈴見のほうも、これはたまらないようだ。拝川が腰を使って中を擦り立てかき回すたび、短く喘いで、背筋をいやらしくくねらせる。

「どこが嫌なんだ」

感じているはずなのに、嫌だと繰り返すので、思わず問いかけた。

「へ……変なとこ当たってる……からぁ」

舌っ足らずで甘ったるい泣き声――それは普段の鈴見からは、想像もつかないもので、鈴見の中の拝川のものが、一層大きく膨れ上がる。

「あ、……んーぅ」

鈴見もそれを感じたのか、足をばたつかせ、激しく体を震わせている。

少し加減しようと思っていたのに、こんな鈴見を見てしまうと、どうにも抑えがきかない。

時間をかけ、緩慢な動きで中を擦り立てた後、拝川は鈴見の腰骨を掴み上げ、寸前まで己れのもの引き抜く。そうして張り出した部分を鈴見のぬかるんだ部分にわずかに沈め、今度は浅い抜き刺しを繰り返した。

「あ、あ、っ、ああ……あ、ああ――っ」

挿入をじわじわと深くして、途中、鈴見の腰をグッと引き寄せ、奥まで一気に貫いた。強い締め付けに目がくらみそうになりながらも、拝川は腰を揺すり立て続ける。

鈴見は小刻《こきざ》みな喘ぎをこぼし、時折、拝川のものがいいところに当たるのか、我慢できないというような、高いよがり声を上げた。

腰を激しく揺さぶり続けるうち、喘ぎ声が次第にすすり泣きへと変わっていく。

拝川は半勃ち状態の鈴見のものを握り込み、後ろを突くのと同時にゆるゆると扱いた。

「あ、ああ、ん――っ……」

腰の動きに合わせ、擦り立てる手指の動きを次第に早めて行くうち、鈴見が大きく体を跳ねさせ、拝川の手の中で達した。瞬間、中が激しくうねり、拝川のものをきつく締め上げる。

「……く」

己を引き抜こうとしたが、いつもと違う体勢のせいでうまくいかなかった。拝川は半ば搾《しぼ》り取られるようにして、鈴見の中で果ててしまう。

「……、ふ、ぅ」

中に出された感触で、鈴見の体がひくひくと震えている。後ろもいまだ収縮を繰り返して、拝川のものをなかなか離そうとしなかった。

目眩がするほど気持ちが良い――。

拝川は鈴見の体を抱え込んだまま、しばらく放心状態に陥っていた。そのうちに、体の方が疲労に負けて、それからすぐ二人揃ってベッドに倒れ込んでしまう。

目を開くと、鈴見がこちらを見ていた。

お互い全力疾走したみたいに、汗びっしょりだ。吐く息も荒い。

「大丈夫か」

問いかけると、鈴見がこくりと頷くのがわかった。

見つめる先で、ゆっくりと手を伸ばして来たので、拝川は鈴見の手に指先を絡ませた。できるなら、いつまでもこうして繋がっていたい——そう思ったが、さすがにそういうわけにはいかない。

鈴見の額に口づけを落とすと、拝川は体をずらすようにしてゆっくりと己のものを引きずり出した。

「ん……っ」

拝川のものがずるりと抜け出た感触に、鈴見が声を上げる。

気だるさにそのまま眠りたい衝動にかられた。鈴見も同じなのか、目が閉じかかっている。

数秒、そうして横たわっていたが、ややあってむくりと体を起こした。裸のまま立ち上がり、鈴見の体を抱え上げ、風呂場に向かう。

最初、鈴見は状況をわかっていないようだった。

シャワーの湯を出し、鈴見の体を洗い始めた時は、従順で大人しかったのに、いざ拝川が中に出したものを掻《か》き出そうとしたら、急に暴れ出した。

「やめろよ、バカ」

「暴れるな。このままはまずい。腹でも壊されたら……」

「だ……だったら出すなよ。俺がよくわかってないからって、お前……」

鈴見はあんぐりと大口を開いて、何か信じられないものを見るような目を向けてきた。

「悪かった。……だから、しばらくの間だけ、我慢してくれ」

「お前ぇ……んっ」

中の指がいいところに当たってしまったのか、鈴見がビクンと体を震わせる。

それが嫌だったのだろう。駄目だというのに鈴見が何度も嫌がって暴れるものだから、体を洗うことに予想以上の時間がかかってしまった。

上がる頃には二人してヘトヘトになっていて、適当に体を拭いた後、お互いにソファから動けずにいた。

数分後、ようやく体を起こした拝川は、鈴見に服を着せ、髪を乾かそうとドライヤーを引っ張り出した。

「……いいよ、そのうち乾くし」

「俺がやりたいんだ。今日は……ちょっとお前に無理をさせ過ぎたから」

「フーン、殊勝だな。じゃ、甘えることにすっか」

鈴見はチラ、とこちらを振り仰ぐと、大股開きになり、ゆったりとした格好でソファに背を預けた。

猫っ毛でさして長くもないので、鈴見の髪はすぐに乾きそうだ。鈴見は気持ち良さそうに目を閉じていて、拝川はことさら優しい手つきで髪を梳く。乾かし終え、ドライヤーを片付けている間も、鈴見はずっと目を閉じていた。

「なあ、鈴見」

眠っているわけではなさそうだったので、声をかけた。

案の定、鈴見は緩く目を開き、言葉を促すような視線を送ってくる。

「夕方、お前が電車の中で俺に言ってくれた言葉……あれ、すごく嬉しかった」

「夕方……？　なんだっけ」

呟き、鈴見は考えを巡らすように視線を明後日方向に飛ばした。

「お前、俺とのことがバレたらバレた時だって、そう言ってくれただろう。今回、その覚悟ができたって」

「ああ、あれな」

そうだと頷くと、鈴見は少し罰の悪そうな顔つきになる。

「でも別に実行したわけじゃないから、ただ言ってるだけだけなんだけど」

「いいんだ。俺はその気持ちが、本当に嬉しかった」

あの瞬間、感情が昂ぶり過ぎて、きちんと言葉にして伝えることができなかった。

「あの時、お前を抱きしめたくてたまらなくなった」

「マジかよ。そんなことしてたら、注目の的じゃねぇか。電車の中、結構人が多かったのに」

冗談めかして軽口を叩くので、拝川は仰向けになっている鈴見をまっすぐに見下ろした。

「実行はしてないけど……俺も本気だ」

驚いたようにこちらを見ていた鈴見が、フッと微笑む。

「そっかあ。……それで今日のお前は、あんなすごかったんだな」

「――え」

まさかの切り返しに、拝川は思わずソファの背に手をついた。仰向けの鈴見が楽しそうな顔で笑っている。

自分ではそんなつもりはなかったが、もしかするとそうなのかもしれない。

先程、『抱きしめたくてたまらなくなった』と言ったけれど、本当はあの場に誰もいなければ、キスをして体中をまさぐり、鈴見のすべてを貪り尽くしたい――そんな風に感じていた。だからそれは、あながち間違いではない気がした。

「……その、無理させて悪かった」

きっかけや衝動はどうあれ。今日は鈴見に相当の無理を強《し》いてしまった。そのことは深く反省していた。

視線の先、鈴見が目を細め柔らかに笑う。

「拝川」

そうして、こちらに向かって両手を伸ばしてくるので、拝川はつられるようにして腰を屈める。

鈴見は伸ばした腕で拝川の首筋を抱き込むと、唇を合わせてきた。ただ触れあわせるだけの優しい口づけに、また愛おしさがこみあげてくる。幸せだった。

拝川はそのままぎゅっと鈴見の体を抱きしめる。本当に嬉しかったのだと、少しでもそれが伝わればいいと、腕に力を込めた。

あとがき

AFTERWORD

―ひのもとうみ―


フッと意識が浮かび上がる。

仄《ほの》かな明かりがベッドルームを照らしていた。和斗《かずと》は何度か瞬《まばた》きを繰り返し、わずかに身じろいだ。視線の先、間近に眠る拝川《はいかわ》の顔があった。規則正しい寝息が、唇から漏《も》れ聞こえてくる。

風呂から上がった後、ソファに座ってうとうととしていたら、拝川にベッドまで運ばれた。その後の記憶がないから、すぐに眠りに落ちてしまったのだろう。

眠る拝川をぼんやりと見つめる。無防備な表情は、普段よりほんの少しだけ幼《おさな》く見えた。

『――和斗』

今日初めて、名前で呼ばれた。思い出して、和斗はじたばたと小さく身もだえる。

呼んで欲しいと言ったつもりはなかったが、他の兄弟たちを名前呼びすることに文句をつけた時点で、言ったのも同然だった。あまりに恥ずかしくて絶対に慣れないと思っていたけれど、抱き合っている間中、ずっと名前を呼ばれ続けるうち、和斗の中にじわじわと喜びが広がっていった。和斗を想う、拝川の気持ちが強くはっきりと伝わってきたからだ。

和斗はほとんど無意識に、指先を拝川の唇に触れさせた。

「……あきつぐ」

自然と言葉がこぼれ出た。途端、胸の内に愛《いと》おしさが溢《あふ》れ出す。

――すっげー好き……。

しみじみとそう思い、和斗は眠る拝川の頬にそっと口づけた。そのまま拝川の胸元に潜《もぐ》り込むと、満ち足りた気持ちでふたたび目を閉じた。

＊＊＊

はじめまして、ひのもとうみです。

イラストの梨《なし》とりこ先生、雑誌掲載時から長らく、いろいろとご迷惑をおかけしてしまい、大変申し訳ありませんでした。可愛《かわい》い和斗と格好良い拝川、たくさんの素敵なイラストに励《はげ》まされました。本当にどうもありがとうございました。

また、いろいろと面倒をおかけしました編集様、文庫化に携《たずさ》わってくださいました皆様にも厚《あつ》くお礼申し上げます。

最後に、この本をお手に取って下さり、ここまで呼んで下さいましたすべての方に、多大なる感謝を。願わくば、どこか少しでも気に入っていただけたらと思いつつ。またどこかでお会いできたら幸いです。どうもありがとうございました。

この本を読んでのご意見、ご感想などをお寄せください。
ひのもとうみ先生・梨とりこ先生へのはげましのおたよりもお待ちしております。

〒113-0024　東京都文京区西片2-19-18　新書館
[編集部へのご意見・ご感想] ディアプラス編集部「君は明るい星みたいに」係
[先生方へのおたより] ディアプラス編集部気付　○○先生

-初出-
君は明るい星みたいに：小説DEAR+15年ハル号（Vol.57）に掲載のものを改題
君とふたりで：書き下ろし

[きみはあかるいほしみたいに]
君は明るい星みたいに

著者：ひのもとうみ

初版発行：2017年9月25日

発行所：株式会社 新書館
[編集] 〒113-0024
東京都文京区西片2-19-18　電話（03）3811-2631
[営業] 〒174-0043
東京都板橋区坂下1-22-14　電話（03）5970-3840
[URL] http://www.shinshokan.co.jp/

印刷・製本：株式会社光邦

ISBN978-4-403-52435-6

ディアプラスBL小説大賞
作品大募集!!

年齢、性別、経験、プロ・アマ不問!

賞と賞金

大賞：30万円 +小説ディアプラス1年分
佳作：10万円 +小説ディアプラス1年分
奨励賞：3万円 +小説ディアプラス1年分
期待作：1万円 +小説ディアプラス1年分

＊トップ賞は必ず掲載!!
＊期待作以上のトップ賞受賞者には、担当編集がつき個別指導!!
＊第4次選考通過以上の希望者の方には、個別に評をお送りします。

内容

■キャラクターとストーリーが魅力的な、商業誌未発表のオリジナルBL小説。
■Hシーン必須。
■同人誌掲載作は販売・頒布を停止したもの、ネット発表作品は該当サイトから下ろしたもののみ、投稿可。なお応募作品の出版権、上映などの諸権利が生じた場合、その優先権は新書館が所持いたします。
■二重投稿、他者の権利を侵害する作品の投稿は固く禁じます。

ページ数

◆400字詰め原稿用紙換算で**120**枚以内（手書き原稿不可）。可能ならA4用紙を縦に使用し、20字×20行×2～3段でタテ書き印字してください。原稿にはノンブル（通し番号）をふり、右上をひもなどでとじてください。なお、原稿には作品のストーリー概要を400字以内で必ず添付してください。
◆応募原稿は返却いたしません。必要な方はバックアップをとってください。

しめきり 年2回：1月31日／7月31日（当日消印有効）
発表 1月31日締め切り分……小説ディアプラス・ナツ号誌上（6月20日発売）
7月31日締め切り分……小説ディアプラス・フユ号誌上（12月20日発売）

あて先 〒113-0024 東京都文京区西片2-19-18
株式会社 新書館　ディアプラスBL小説大賞 係

※応募封筒の裏に【タイトル、ページ数、ペンネーム、住所、氏名、年齢、性別、電話番号、メールアドレス、連絡可能な時間帯、作品のテーマ、執筆日数、投稿歴、投稿動機、好きなBL小説家】を明記した紙を貼って送ってください。